KB176093

나는 혼자가 좋다

나는 혼자가 좋다

백성혜 지음

이담북스

목차

11장 나만의 스타일을 찾아보자

1장

어쩌다 보니 서른이 넘어가네?

벌써 마흔이라니

벌써 마흔이라니

20대였을 때는 그렇게 시간이 안 가는 거 같았는데, 30이 넘고 나서부터는 시간이 왜 이렇게 빨리 가는지 무서울 정도였다. 놀 때는 아쉬웠던 시간이 일하고 나서부터는 일하는 시간만큼은 아주 빠르게 흘렀으면 하고 바랐었다.

한창 돈이 없어서 돈을 모아야 하는 때는 막연하게 시간이 빠르게 가야 한다고 여겨졌을 때도 있다.

'지금은 사회 첫발이라 어쩌피 다들 돈이 없어. 돈을 벌려고 일하는 거지.

일하면서 늙어가는 내 40-50대에는 자산가가 되어 있겠지? 이렇게 열심히 일하고 버는데. 빨리 그때가 왔으면 좋겠다.'

그렇게 생각하고 사는 것도 잠시. 30대가 오는 건 기념적일 만큼 빨랐다. 더군다나 결혼을 생각하고 집을 장만하고 아이를 가져야 하는 때를 맞닥뜨리니 더더욱 시간은 화살 같았다.

나는 아이를 허니문 베이비로 갖게 된 케이스다. 동거와 연애가 길어서 아이를 바로 가질 수 있다면 갖자 하는 마음이었는데 때마침 신혼여행에서 아이를 갖게 된 것이다. 나의 30대는 그렇게 출산과 육아를 경험하면서 엄청난 시간 여행 중이다.

아이를 키우는 사람들은 공감하겠지만, 하루가 너무 짧다고 느낄 정도로 바쁘다. 남편도 혼자 벌어서 혼자 쓰던 것들을 가족과 나누어야 하니, 가장의 무게를 가지고 더더욱 바삐 일한다. 그래서 그런가? 어느새 나는 마흔이 가까워져 있었다. 순간 현실감을 느꼈다.

'어? 내가 벌써 40이 다 되어 가네? 내가 20대 때는 일하면서 여행 다니고 놀러 다니느라 바빴는데, 30대에는 뭘 했지? 육아만 했나?'

뭔가... 말할 수 없는 외로움과 허탈감이 목구멍으로 스멀스멀 올라오더라. 그래서 내가 했던 것들을 객관적으로 써 보기로 했다. 아주 사소한 것부터 커다란 것까지. 눈으로 보는 나의 30대는 나를 위한 건 별로 없었다. 남편도 마찬가지다. 결국, 우리는 아이 키우기에만 너무 집중했던 게 아닌가 싶었다.

시간이 빠르게 흐른다고 느낄수록 나 스스로에게 더더욱 집중해야 하는 거 같았다. 나이를 먹을수록 점점 더 기운이 쇠해지고 예민해지면서 예전보다 더더욱 가꿔야 하는 것들이 있다. 같은 속도와 같은 강도로 20대와 30대를 산다는 것은 지나가는 세월을 직타로 맞는다는 이야기와 같다. 운동을 하더라도 강도가 달라야 하고, 병에 걸리더라도 낫는 시간이 다르더라. 그렇게 나는 벌써 인기척도 없이 오는 40이라는 숫자를 맞이해야 하더라.

누군가는 별거 없다고 생각한다. 누군가는 서둘러야 한다고 한다. 어찌 되었든 중요한 점은 '나'라는 사실이다. '나'는 이 나이쯤에 무엇을 하고 있고, 무엇을 좋아하고, 무엇을 싫어하는지. '나'는 무엇을 이루었고 무엇을 포기하였는지. '나' 주변에는 좋은 사람이 누구고, 얼마나 많은 사랑을 받고 있는지. '나'는 누구에게 사랑을 많이 주었고, 누구를 소중히 여기는지. 정말 사소하지만, 삶을 전쟁 치르듯 살아가면서 '나'라는 존재를 너무 귀하게 여기지 않고 살고 있는지를 모른 채 숨만 쉬면서 사는 거 같다.

그동안 뭐 했지?

생각을 해 보니 나는 소소하게 한 것이 정말 많았다. 20대에는 영어 강사로 취업했다. 영어교육과와 국어교육과를 동시에 복수전공을 하면서 대학 생활도 아주 빡빡했다. 그 와중에 학원 알바나 과외 등을 뛰어 가면서 필요한 용돈 벌이도 했었다. 그렇게 임용고시를 준비했었는데, 첫 번째 임용고시는 2차에서 실패했다. 다들 처음에는 고시 경험한다 생각하고 재수를 준비한다고 했었다. 나는 열심히 했다고 생각했는데 떨어지니 갑자기 마음이 수증기 빠지듯 식어버렸었다. 그 길로 취업을 선택하겠다면서 중계동 학원가에 뛰어들었다.

그렇게 중계동 어학원에서 첫 사회생활을 하는데, 생각보다 복병이 많았다. 학부모 항의 전화가 올 때도 있었고, 아이들을 가르치는 중에도 생각지 못한 타입의 스타일을 가져서 낭패를 볼 때도 있었다. 선생님들도 텃세를 하는지, 중간에 왕따 놀이를 하듯 사람을 무시하는 선배 동료의 태도도 있었다. 그렇게 경력을 쌓으면서 외국에 다녀오지 않았다는 무시를 종종 받다가 문득 이런 생각을 했다.

'아니, 내가 영어를 한국에서 가르치지 외국에서 가르치나?'

그럼에도 아쉬운 마음이 드는 것은 내 쪽이었다. 내가 세상을 바꿀 수는 없으니 내가 바뀌어야겠다 싶어서 호주로 떠났다. 호주에서 다시 영어를 공부하면서 대학에 입학해 영어를 전공했고, 그곳에서 또 다른 사람들의 삶의 방식을 몸소 체험했다. 사실 호주에서 살다 온 경험은 나에게는 엄청난 삶의 변화를 가져왔다. 한국인의 주된 특징이 외국인 특징과 많이 상반되는 부분이 있었는데, 나는 한국인보다는 외국인과 더욱 비슷한 부분이 많았다. 개인주의적인 성향이라든가, 남을 배려하지만 딱히 신경 쓰지 않는다는 것. 나에게 피해가 오지 않는다면 굳이 평가하고 따지려 하지 않는다는 것. 어떻게 보면 극 T(MBTI)의 성향이라고 볼 수 있겠다.

그곳에서는 주입식으로 외워서 시험을 보기보다는 정답이 없는 문제를 가지고 토론할 수 있었고, 한국 사람만 보면서 살다가 다양한 나라의 사람을 보고 그들의 문화를 느끼고 교류할 수 있었다. 정말 다양한 장점이 있었다. 물론, 다양한 단점도 있지만.

그런 장점들을 가지고 한국으로 돌아왔을 때, 나는 한층 더 세상을 배우고 내면이 성숙해진 사람이 되어 있었다. 아이들을 가르칠 때에도 실력도 늘었지만, 사람을 이해하고, 그들의 에너지에 (긍정이든 부정이든) 좌지우지되지 않는 나만의 방식도 생겨났다.

그렇게 삶에 조금씩 적응하면서 결혼을 준비해서 결혼을 했고, 아주 어렵고 힘들었지만 어찌어찌 근교에 30평대 아파트도 장만했다. 자수성가를 해 보겠다고 지인도 돈도 없었지만, 남편과 나는 한 몸 한 뜻으로 열심히 사업도 하고 이것저것 아이템도 팔아보고 그랬다. 물론 중간에 코로나가 터지는 바람에 정말 힘든 3-4년을 보내게 되었지만, 그래도 우리는 근근이 사업을 이뤄 나가고 있다.

그 와중에 가장 잘한 일은 아이가 생겼고, 아이를 낳아서 너무 멋지게 키우고 있다는 것이다. 처음엔 너무너무 힘든 육아 생활이었지만, 처음이라 그런 거였다. 3년쯤 지나니 나는 이미 '엄마'가 되어 있었고, 여러 육아 서적과 육아 전문가들의 가르침을 '유튜브'로 보면서 아이를 정성껏 키웠다. 그래서 그런가 우리 아이는 동네에서도 참 착하고 야무지다고 소리를 듣는 멋진 아이로 자라 주고 있다.

지금까지 내가 살아온 자취가 나에게 힘이 되고 지금의 여유를 만들어 준 게 아닐까 싶다. 노력하는 만큼 언젠가는 되돌아온다는 말을 너무나 좋아하는데, 우리도 그만큼 노력하고 대가를 얻어간다고 생각하고 있다. 지금도 열심히 살아가고 있기에 나는 '나의 마흔 줄이 어떨까?' 이 역시 궁금하고 기대된다. 더욱 '나'를 사랑히면서 발전시켜 나갈 준비를 해야겠다.

03

내가 만든 것들이 지금은 여유가 되어

예전에 내 첫 차는 '뉴모닝'이었다. 첫 차를 할부로 구매하는데, 너무 너무 떨리고 설레고 무섭기도 하고 그랬던 기억이 난다. 상봉동에 있던 한 매장에서 아는 사람의 아는 사람을 소개 받아 나름 서비스를 듬뿍 받고 검은색 경차를 샀다. 아차 싶었던 건 그때 당시, 나는 경험이 없는 20대 중반이었는데 나에게 차에 대한 경험을 설명해 줄 사람이 없었다는 점이다. 무식하면 용감하다고 나는 그런 상태에서도 내비게이션도 없이 무턱대고 차를 사서 몰고 나왔었다.

차를 처음 사서 가지고 나올 때, 가장 필요한 것은 내비게이션과 하이패스 카드, 그리고 단단한 실전운전 경험이었다. 나는 아쉽게도 아무것도 모른 채 한 달을 기다려서 모닝 차를 받았고, 바로 운전해서 끌고 나와 중계동까지 가야 하는 상황이었다.

"내비게이션을 깜박하고 안 달았는데, 직장까지 직접 몰고 가야 하나요?"
"길은 대충 알려드릴게요. 그냥 밟으면 나가는데요 뭘."

처음이라 너무 무서운데, 하필 골목 골목이 많은 동네를 혼자 끌고 나왔다는 게, 지금 생각해보면 너무나 어리숙하고 위험할 수도 있지 않았나 싶다. 초인적인 집중력으로 다행스럽게 내가 일하는 어학원으로 도착은 했으나... 한 가지 문제점이 더 남아 있었다. 주차 문제. 정말 욕을 한 바가지 퍼붓고 기계식 주차를 하기 위해서 안간힘을 썼었다. 그러나 역시는 역시. 회전 구간 연습이 없었던지라 나는 첫 차 옆구리에 멋지게 상처를 남겼고, 직장동료 선생님이 나와서 축하해 주러 왔다가 사이드를 잠근 채 엑셀을 밟아 벨트 타는 냄새가 난다는 선생님의 말을 들으며 쌍따봉의 추억을 남기기도 했다.

u턴을 할 때는 달리던 차의 속력을 줄여야 한다는 사실. 나는 그것도 모르고 차가 뒤집힐 뻔한 적도 있었다. 눈이나 비가 올 때는 운전을 조심해야 한다는 막연한 지식만 알고는 한번은 청학리 고개를 넘다가 미끄러져서 모텔 담벼락 앞에서 간신히 멈춘 적도 있다. 드라마에서 항상 여배우들이 소리를 지르며 눈을 감는 모습을 보고는

"아니 저기서 눈을 떠야지 감으면 아무것도 안 보이는데? 바보 아니야?"

라며 침을 튀던 나는, 그들의 모습과 똑같이 소리를 지르며 핸들에 머리를 박고는 소리를 지르고 있었다. 또 한 번은 홍수같이 비가 많이 오는 날, 집에서 출근하는 길에 갓길에 트럭들이 잔뜩 서있고, 운전수들이 담배를 피우며 앞 도로를 보고 있길래 '왜 안 가고 저렇게들 서 있는 거지?' 하며 그냥 모닝으로 쭈욱 달렸는데... 무슨 일이 벌어졌을까? 도로가 물에 잠겨 있던 것이다. 물이 거의 운전석 문짝 창문 위까지 올라오려는 듯한 공포감에 나는 잔뜩 얼어서 그대로 엑셀을 밟고 가고 있었다. 찰나의 순간을 지나 오르막에 다다랐을 때, 나는 뒤에서 환호성과 박수 소리를 들었다... 그때 들었던 소리가 아직도 기억난다.

"와~ 저 아가씨 대단하네. 모닝도 지나가는데, 우리도 충분히 가지."
"이제 얼른 가보자. 오래 기다려서 지체됐어."

그렇다... 사람들은 도로 위에 물이 있기는 한데, 그게 차 어느 부분까지 올라올지 물의 수위를 몰라서 기다리며 서로 생각해 보던 중이었다. 내 덕분에? 다들 무사히 물을 건너 갈 길을 바삐 찾아 가셨고, 나의 모닝은 행운스럽게 살아남았다.

이런 경험이 한두 개가 아니다. 이런 경험들로 나는 지금 여자들 사이에서도 운전 경험이 많은? 사람으로 통한다. 눈이 너무 많이 온다면, 그래도 꼭 가야 한다면 돌이라도 트렁크에 실어서 차의 무게를 높이라든가, 차가 회전할 때는 크게 돌아야 오히려 벽에 부딪히지 않는다라는 등의 잡지식 말이다.

너무나 많이 긁어 먹고 부딪히며 몸소 배운 지식들은 현재 무사고로 조심히 다닐 수 있는 나를 만들어 놨다. 혼자서 고군분투하긴 했지만, 지금 생각해 보니 그때의 경험과 사고, 고뇌가 없었다면 지금의 여유로운 운전을 과연 할 수 있었을까 싶다.

어렸을 적에는 알바도 참 많이 했었다. 닥치는 대로 돈이 필요해서 다양하게 시도했었고, 공부도 손에서 놓을 수가 없어서 과외도 하고 학원 알바로도 정말 많이 일했다. 내가 아는 걸 제대로 가르칠 수 있어야 정말 내재화된 것이라고 생각했기 때문이다. 그러다 보니 잡초처럼 세상 풍파를 몸으로 겪어내야 하는 상황이 꽤 있었다.

한번은 음식점에서 서빙 알바를 할 때였다. 나는 완전 어린 20대 초반이었는데, 무거운 음료 통을 통째로 들라고 이모님들이 시켰었다. 그걸 들고는 아저씨들이 무거운데 그냥 이런 거는 자기들이 도와주겠다고 하시며 대신 들어주셨다. 나는 고맙다고 했다. 그런데 들려오는 말,

"아니, 젊은 애가 들면 되지 뭘 그렇게 일일이 도와주나?"

"어린것들이 이래서 들어오면 물이 흐려져."

나는 이런 상황은 처음 겪어서 뭐라고 반응해야 하는 건지, 아니면 그냥 반응을 하지 말아야 하는 건지 몰랐다. 경험도 부족하고 일머리도 없던 찰나라 뭔가 좀 더 모욕적이기도 하고 분노가 차오르기도 했었다. 흔치 않은 일이지만, 그렇다고 해서 살면서 절대 맞닥뜨리지 않는 일은 아니었다. 그때 당시에는, 그냥 화장실에서 많이 울고, 친구들에게 전화하면서 욕을 하며 내 나름의 감정을 추스렸었다.

지금은 워낙 다양한 사람을 만나고 있기에, 인이 박였다고 해야 할까? 같잖은 소리를 하는 사람을 만나면 웃으며 "아이고, 바빠서 이만~" 할 때도 있다. 길길이 날뛰며 맞서 싸우던 20대 후반, 싸워서라도 저 버릇을 고쳐 주리라 하는 마음에 난리를 치며 싸워도 봤다. 그러나 **인간은 쉽게 바뀌지 않는다.** 거기다 서로가 옳다고 여기는 것도 다들 다르다. 어차피 남의 일에는 감정을 싣지 않는다. 결국 화내다가 내 에너지만 사라지는 걸 느끼고, 점점 더 내가 우악스러워지는 걸 느껴서 방법을 바꾸기로 했다.

사람을 가려서 만나고, 스쳐갈 사람들이나 한두 번 만나는 사람들에게는 애초에 감정을 두지 않는다. 상대가 무례하거나 무식하게 굴면 두

배로 갚아주는 대신, 가볍게 웃으며 자리를 떠난다. 어차피 배려심 없고 무례한 사람들은 말해 줘도 이해할 수가 없다. 그들은 자신만 생각하고, 자기중심적이며, 타인에게 자기가 고의로 피해를 주지 않아서 상대방이 느끼는 건 예민해서라고 느끼기 때문이다. 내가 아끼는 사람이라면 어떻게든 조금씩 이해시켜 주면서 다른 방향으로 살아갈 수도 있음을 알게 해 주려고 하겠지만, 아니지 않은가?

여러 사람에게 마음 주고 정 주고 했는데, 뒤통수치는 친구도 만나보고, 돈 안 주려는 사장님도 만나보고, 받기만 하는 친구도 둬보고 하다 보니 이러나저러나 사람은 상황에 따라서 태도와 생각이 변하지 하는 생각이 많이 들었다.

이런 경험과 나만의 결론은 결국, 아이를 낳고 아이 엄마들과 무리를 만들어서 매일을 살아가는 데 많은 도움이 되었다. 사람을 가려 만나려고 노력한다. 무례한 말을 하거나 배려가 없는 엄마들을 꽤나 자주 주변에서 만나기도 하는데, 사실 지금도 마주치게 된다. 그럴 때마다 나는 가볍게 웃어주고 연락을 드물게 한다. 무 자르듯 화를 내거나 이 사람, 저 사람 만나가면서 뒷담화를 하지 않는다. 결국에는 나에게 돌아 돌아 화살로 날아올 것이다. 아이끼리 놀게 하는 것도 아이가 폭력적인 상황에 노출되는 정도가 아니라면 만나게 한다. 그러나, 그 집 부모의 됨됨이가 나와 맞지 않는 경우는 놀다가 급한 일이 생겼다며 내 아이를 챙겨서 집으로 돌아온다. **다른 사람들과 관계를 대할 때, 절대 미적지근하게 행동하진 않는다.** 차를 타고 오면서 왜 엄마는 급한 일이 없는데, 중간에 놀이를 끊고 집으로 와야 하는지를 물어오면 세상을 대하는 나의 생각에 대해서 말해 준다.

지금은 온라인 판매를 하면서 많은 사람을 상대하고 있다. 어떤 사람은 자기가 원하는 날짜를 안 맞춰 준다며 자신의 불편한 감정을 오롯이 나에게 쏟아붓는다. 일명 지랄. 남자고 여자고 간에 욕설을 제외하고는 욕 같은 말들을 한다. 예전에는 함께 아주 불편하고 기분이 나빠져서 같이 싸우기도 했다. 돈을 주면서 상대의 기분과 생활까지 영향력을 미치려고 하는 같잖은 갑질에 화가 났다. 나는 저렇게 무식하게 살지 말아야지 다짐도 여러 번 했다. 그러나 이제는 화를 내는 상대와 전화를 하게 되면, 나는 아무 말을 하지 않는다. 너무 흥분해서 날뛰는 사람에게는 이렇게 말한다.

"일단 진정하시고 다시 천천히 말씀해 주세요."

점차 그들의 감정을 나에게 표출해도 전혀 신경 쓰지 않고 나의 감정은 나의 것이라는 생각을 하면서 나에게도 드디어 내면의 단단함이 생겨나고 있다.

아이를 키우다 보면 더더욱 민감한 상황이 많아지는데, 무언가를 키우다는 건 그렇게 예민하고 꽂히는 일이긴 하다. 그때마다 부모와 선생이 부딪친다면 그건 사회를 살아가는 데 나와 내 아이도 내가 느끼지 못하는 문제점이 있다고 생각해 볼 수도 있다. 사회는 나를 중심으로 돌아가지 않는다. 마찬가지로 내 새끼를 중심으로 사람들이 존재하는 게 아니다. 이를 인정하고 아이를 키우니까 더더욱 스트레스 받거나 아이가 힘들어지는 상황이 오히려 줄어드는 거 같다.

여유라는 건, 돈이 많아서 생기는 게 아니다. 아이가 말을 잘 들어서도 아니고, 내 주변인이 다들 유식해서도 아니다. 내가 어떻게 세상을 바라보고 경험해서 그걸 바탕으로 살아가나인 것 같다. 안 되는 걸 슬퍼하고 화내기보다는 가진 것에 행복해하고, 주는 것에 보람을 느끼고, 이해하고 보듬어 주며 단호하게 잘라야 할 때는 자르는 것이 정말 나를 위한 여유를 주는 것 같다.

04

호주 생활이 그리워

호주에 가기로 결정한 건 내 인생에서 정말 잘한 일이었다. 준비하는 과정은 수월하긴 했다. 처음에는 워킹홀리데이를 이용해서 가려고 청년을 위한 정부 지원 프로그램을 알아봤다. 여기저기 어학원에서 많은 홍보를 했으나, 그중에서도 정부와 직접적으로 연결되어서 까다롭게 증명 서류를 제출해야 하는 곳을 골랐다. 현금으로 100만 원 남짓 들고 갔었고, 비행기 편도로 학생 프로모션 티켓으로 결정해서 조금 더 저렴하게 갈 수 있었다.

나는 호주 시드니로 향했다. 지금의 남편이 그때 같이 갔던 남자 친구였다. 내가 영어공부를 더 해서 와야 직성이 풀리겠다고 말하면서 혼자 갔다 올 터이니 다녀와서 보자고 말했었다. 그랬더니 남자 친구는 무조건 같이 가겠다면서 직장을 그만두더라. 그동안 모아 놨던 돈을 들고 남자친구와 함께 시드니로 무작정 떠났었다. 지금에 와서 돌이켜보면 남편도 열혈 20대이지 않았나 싶다. 갑자기 인생이 변할 수도 있는 상황에서 그런 결단을 내리고 나와 함께 타지로 갔다는 게 결혼할 수밖에 없는 인연이 아니었을까 싶다.

 지인도 없고 정보도 많지 않아서 현지 어학원만 믿고 날아갔다. 꼭 기억하시라... 무조건 일주일 정도 머물 숙소 정도는 예약해 놓고, 새벽이나 밤 비행기는 피하며, 공항에서 어떻게 해당 장소를 갈 건지 미리미리 계획을 세워 놓아야 한다. 우리는 정말 해맑게 어디서 내려야 할 줄도 모르는 주제에 새벽비행기로 내려서 공항철도를 탔었다. 어둑어둑했고, 추웠다. 무거운 캐리어를 끌고 돌아다니면서 영화에서 보던 것처럼 노숙인과 마주했다. 들리는 소리는 비둘기들이 푸드득 거리는 소리밖에 없었다. 공항 내 상점마저 문을 닫고 잠시 대기하던 그 시간에 우리는 기차를 탔다. '센트럴파크'라는 말이 들리자, 일단 무조건 중심지겠거니 싶어서 내렸다. 그 새벽에 배낭에 캐리어를 끌면서 백팩커(숙소)를 찾아다녔다. 문을 열어 주는 곳은 아무 데도 없었다. 돌아오는 대답이 있으면 그나마 정겨웠다. 나머지는 아예 들려오는 대답도 없을 정도의 새벽이었던 것이다. 정말 말 그대로 신문지를 덮고 의자에서 노숙을 할 뻔했다.

강한 의지로 타지에서 생사를 모르는 자식들이 될까 봐 단단히 서로 의지하며 몇 년간 머물 숙소도 구했고, 핸드폰도 만들었으며, 카드와 통장도 만들었다. 일도 구했고, 영어도 더욱 늘었으며, 시드니뿐만 아니라 렌터카를 이용해 캔버라, 멜버른, 카타추타 등 여러 도시를 배낭 메고 차한 대로 여행하며 다녔었다.

그때는 너무나 힘들었다. 하루 벌어서 하루를 사는 상황이었지만, 이상하게도 언제나 마음이 여유로웠고, 생각이 편안했다. 호주 사람뿐만 아니라, 다른 여러 나라 학생과 친구가 되었다. 학교가 끝나면 너무나 당연하게 펍에서 만나서 맥주 한잔, 커피 한잔에 수다 삼매경을 떨었고, 학교에서의 수업은 너무나 어려웠지만 즐거웠다. 우리나라에서는 경험해보지 못했던 자유로움을 느꼈다. 아!! 간혹 오해하는 사람이 많아서 일단 말해 두는데, 여기서의 자유란 내 멋대로 마구마구 표현하고 행동해도 된다는 자유는 아니다. 예를 들면 선생님 앞에서 맞담배를 피운다면 어떨까? 우리나라는 건방지고 예의 없다고 생각할 것이다. 그러나 거기서는 나한테 피해 주는 게 없다면 뭘 하던 나이 상대 상관없이 가능하단 것이다.

예를 들어볼까? 우리나라에서 어른이 지나가면서 질문을 한다. 그때, 내가 이해되지 않거나, 반대되는 의견을 내세운다면? 아마도 말대답한다고 여기며 공손한 대답을 요구할 수 있다. 그러나 호주는 같은 상황이라면 흥미로워한다. 누구나 상대 의견을 존중한다는 전제하에 다양한 의견을 낼 수 있고, 그것은 말대답이 아니라 각자의 의견을 표현하는 방식이라고 여겨진다.

'자유'라는 말의 의미를 곡해하는 사람들 덕분에 한국인, 동양인을 함부로 대해도 된다는 의식을 가진 사람들도 만나 보았다. 타인에게 피해를 주는 행위를 하고 있는 사람들이 있었다. 그러나 본인들은 그것이 '스스로의 자유'라고 생각했었던 듯싶다. 스스로 함부로 말하고 함부로 행동하면서 '자유'라는 말로 포장할수록, 다양한 국가의 사람들은

'너도 함부로 말하고 행동하니 나도 너를 그렇게 취급하겠다.'

라는 생각을 가진 듯 보였다. 이처럼, 서로에게 피해를 주지 않는 선에서 예의를 지키는 사람들은, 확실히 에너지를 쓸데없는 곳에 사용할 필요가 없기에 많은 에너지가 남아 있었다. 나도 마찬가지였고, 내 남편도 마찬가지 느낌을 받았다.

내가 남에게 어떻게 보이고 평가당할지를 걱정하기보다는, 타인에게 피해가 되지 않는 선에서 내 마음대로 세상을 살아가면서 쓸모없는 스트레스가 없어지다 보니, 세상을 투명하게 보게 되었다. 그렇게 우리는 행복한 호주 생활을 했다. 우리가 처음에는 일을 찾아다니느라 많이 힘

들었다. 그 이유는 학생비자였기 때문이고, 외국을 처음 나가서 지인이나 정보 없이 사는 젊은이들이었기 때문이다.

현지 어학원에서 우리를 많이 도와주기는 했지만, 어찌 되었든 우리는 생존해야 했다. 더군다나 의심이 많은 우리이긴 했지만, 확실히 타국에서는 아무래도 한국인에게 더욱 정이 많이 가고, 더 믿고 싶어지기 마련이었다.

하루는 남편이 청소 일을 구했다. 영어를 잘 못하는 사람이기에 정부에 신고해서 들어가는 정식 알바가 아닌 '캐쉬잡'이라 불리는 현금 수당 알바였다. 호주는 공공연하게 이렇게 일을 구해서 살기 때문에 문제없다고 생각했다. 면접은 시드니의 한 커피숍에서 이루어졌다.

"반가워요. 나는 한인인데, 여기서 수영장을 청소하면서 살고 있어.
동네가 좀 위험한 지역에 위치해 있어서, 남자가 하긴 해야 해.
일을 다 끝내고 나면 일주일 단위(주급)로 돈 줄게요. 새벽에 나와서 아침까지 일하고 가야 해요."

인상이 너무 좋은 아저씨였고 50대 정도 되어 보였다. 자신은 강원도에서 살다가 시드니에 정착해서 살고 있는 사람이라고 소개까지 했었다. 우리는 그 아저씨 말만 믿고, 첫 알바를 시작하기로 했다.

그렇게 일주일이 지나고, 주급 일이 되었는데, 아저씨는 돈을 주지 않았다.

"아니, 사장님. 주급으로 말씀하셨으면 돈을 주셔야죠."
"내가 언제 떼먹는다고 했어? 그 돈 그거 얼마나 된다고 내가 거지도 아니고 자식 같은 애들 돈을 떼먹겠어. 아니 일주일만 더 하면 돈 준다니까?"

우리는 바로 일을 나가지 않는다고 하면서 돈을 달라고 서너 번 채근했으나, 그렇게 아저씨는 연락이 두절되었다. 정말... 지금 생각해 봐도 아주 나쁜 사람이었다. 너무나 어리고 경험 없는 한국 청년들을 일부러 부려먹으면서, 어차피 타국에서 신고할 수도 없고, 누구한테 도움을 요청할 수도 없는 그런 상황을 이용해 먹는 사람이었던 것이다. 너무나 분했지만, 그 경험 덕분에 우리는 그다음 일을 구할 때는, 정확히 장소를 따지고 그 사람의 평판을 물어가면서 일을 시작했다. 좋은 사람도 많지만, 정말 위험한 건 한국인이었다. 그만큼 사람 상황에 따라서 이렇게 달라진다는 걸 몸소 경험했고, 그 덕분에 우리는 남았던 호주의 삶을 정말 행복하게 아무 문제없이 보내고 돌아왔다.

돌아올 때는 한국에서의 삶을 살아가기 전에 배낭여행을 해 보자고 하면서 그동안 모아 놓았던 돈을 탈탈 털었다. 특히나 사람이 복작거리는 곳을 마냥 즐기는 편이 아닌 우리는, 호주 전체 지도를 하나 샀다. 그래서 우리나라 사람, 특히나 동양인이 잘 다니지 않는 곳을 찾아 하나씩 숙소를 예약했다. 이 여행이 내 인생에서 잊힐 수 없는 아름다운 기억을 선사했음은 말할 것도 없다.

호주의 수도인 캔버라로 가서는, 생각보다 관광지가 많지 않음에 놀랐다. 더욱 놀랐던 경험은 호주가 너무나 넓어서 렌터카를 타고 신호등도, 사람도, 전선도, 집도 없는 일자로 되어 있는 길을 마냥 끝없이 오랜 시간 달려야 한다는 점이었다. 차가 퍼져서 전화를 해도, 과연 받을 마을이 있을까? 싶을 정도로 광활한 도로를 달리기만 했다. 시드니 시내에서만 지내봐서 이렇게 드넓은 아웃도어가 있을 거라고는 상상도 못 했다.

우리는 중간에 주유소가 보이면 무조건 들어가서 먹거리를 사고 기름을 넣었다. 언제 또 이런 휴게소가 나올지 모르기 때문이다. 우리나라처럼 몇 시간만 달리면 고속도로 휴게소가 있는 게 아니었다. 사람들은 이런 시골 동네에 보기 어려운 희귀한 동양 애들(우리) 2명이 다니는 걸 보며 원숭이 보듯 쳐다봤었다. 뭔가... 주목받는 거 같아서 무섭기도 하고, 신기하기도 했었다. 그중 곤란했던 문제는 길을 가다가 큰 동물이 죽어 있거나, 갑자기 캥거루가 튀어나오거나, 도로를 횡단하는 야생 동물이 곳곳에 도사리고 있다는 점이었다. 처음엔 너무 무섭고, 당황했지만, 하루를 달린 이후부터는 그러려니 했다. 우리는 사람이 많지 않은 오지를 탐험하면서 너무나 즐겁기도, 또 무섭기도 했다. 그렇게 남편과 나는 서로 의지하면서 성장해 가고 있었다.

멜버른에 도착했을 때는, 자동차 운전에 멘탈이 탈탈 털렸다. 신호가 정말 많았기 때문이다. 전차가 지상 위를 달리는데 교차로가 5차 이상 인 곳이었고, 그곳에서 전차신호, 보행신호, 교차로신호가 여기저기 널 려 있었다. 우리는 엄청 신중하게 운전했고, 나는 운전하는 남편 옆에서 방해될까 봐 조용히 있던 기억이 난다. 재미있는 사실은 멜버른에서 가 장 기억에 남는 건 차이나타운이었다. 호주까지 가서 중국 문화를 경험 하고 온다는 게... 아이러니하긴 하지만, 엄청 큰 규모의 차이나타운이었 다. 요상한 냄새가 가득하고 시끄러웠지만, 차이나타운에서 먹었던 '핫 팟'은 인생 최고의 맛이라고 할 정도로 맛있었다.

내가 가장 기억에 남은 장소는 '울룰루'라는 곳이었다. 그곳은 정말 가는 길에 사람이 없을 정도였다. 오죽하면 가는 길에 information이 보 여서 들어갔는데, 덩치 좋은 호주아줌마가 나를 꼬옥 껴안아 주었다. 아 주머니는 너무나 기뻐하시면서 살아서 본 한국인 여행객 중 5번째라고 표현하셨다. 자신은 이런 날이 죽기 전에 또 올지 몰랐다고 하시면서, 이 마을을 들르는 사람 중 동양인이 거의 없다고 하셨었다. 우리에게 '울룰 루'가 얼마나 크고, 갈 만한 곳이 어디인지, 얼마나 가야 하는지, 숙소는 잡았는지 등등 쉴 새 없이 말해 주었다. 괜히 나도 모르게 가슴이 벅차

오르는 느낌을 받았다. 역시나, '울룰루'는 너무나 광활했고 멋있는 경치가 많았다. '12사도'라는 곳을 가면서 드라이브 웨이가 너무 고불고불해서 위가 입으로 나올 뻔했지만, 도착해서 그 광경을 볼 때는, 눈에서 나도 모르게 눈물이 나왔다. 역시, 죽기 전에 가 봐야 할 장소 중 하나라는 건 정말 꼭 가 봐야 하나 보다.

그 후 '울룰루' 한복판에 위치한 영국인이 운영하는 숙소를 갔다. 숙소를 운영하는 분은 여행 왔다가 너무 반해서 눌러 산다고 했다. 특히나 한국인을 만나기 어려운 곳이기 때문에 반갑다고 했고, 기타 동양인이 곳곳에 있기는 하지만 그 수가 아주 적다고 했다. 더욱 놀라운 건 원래 호주 원주민이 살던 곳이기 때문에 원주민과 함께 마을이 형성되어 있는데, 그들의 언어도 모르고 그들의 토템신앙이 각자 있으니, 건들거나 침범하면 죽을 수도 있다는 무서운 말을 들었다. 누구든 밤에 해가 지기 전에 오지 않으면 대문을 잠가서 집에 들어오지 못할 수도 있다고 했다. 생각보다 즐겁고 멋진 곳이지만, 그만큼 위험한 곳이고 누구도 도와줄 수 없기에, 스스로 생각하고 보호해야 한다는 멋진 조언을 들었다.

남편과 나는 잔뜩 겁에 질려서, 마트만 걸어서 갔다 오자 하는 마음으로 갔다가 나이키 티셔츠에 나뭇잎 팬티를 입고 씻지 않은 채 이상한 언어를 중얼거리는 원주민 무리를 발견하고는, 인생 최대의 속도로 뛰어서 다시 숙소로 돌아왔다. 원주민을 곁에서 보는 건 처음이라 깜짝 놀랐다.

차를 가지고 '콜스(호주의 이마트 같은 곳)'로 갔다. 그곳에는 우리가 알던 호주 사람들이 있었다. 홀가분하게 장을 보고 나왔는데, 곳곳에 뭐라고 말하면서 따라오는 원주민들이 있었다. 말이 통하지 않고, 이런 경험이 처음이라 많이 무섭웠지만, 의연한 척하고 숙소로 돌아왔다. 하늘을 보니 석양이 한국에서는 볼 수 없는 자태를 보여 주었다. 우리는 언제 놀랐는지 모를 정도로 순간 몰입되이 아름다운 경치와 날씨 속에서 맥주로 건배를 했다.

아직도 오랜 시간이 지난 지금까지도 나는, 이 추억을 머릿속에서 가끔씩 꺼내어 보며 행복에 젖기도 한다. 나뿐만이 아니라 함께 시간을 공유했던 남편도 그때를 말하면 감상에 젖고 살며시 웃음 짓는다.

여행은 이렇게 행복하고 멋진 추억을 평생 안겨 준다. 가장 중요한 점은 누구와 함께 가느냐이다. 또 잘 맞는 누군가가 없다면 혼자서 가는 여행도 너무나 즐겁다. 어디를 가느냐는 별로 중요하지 않다. 어느 나라를 가든 내가 마음이 행복하고 생각이 여유로우면, 모든 일이 신선하고 즐겁다. 당황스러운 일이 있기는 하지만, 사람 사는 곳에서는 어디든 일어날 수 있는 일이지 않겠는가?

그렇게 나는 친구들과 함께했던 많은 추억이 호주에 있음에도, 남편과 함께했던 근 한 달간의 배낭여행이 더욱 기억에 많이 남아 있다.

우리는 함께하면서도 혼자여야 할 때는 혼자만의 시간을 가질 수 있도록 존중해 주기 때문이다. 그래서 떨어져 있다 해도, 나는 외롭지 않을 수 있다는 걸 알게 되었다. 보고 싶지만 항상 곁에 있을 수 없고, 혼자 하고 싶고, 해야 할 일이 서로 많기 때문이다.

05

내향인? 외향인?

근래에 MBTI라는 간편한 성격테스트가 큰 인기를 끌고 있었다. 다들 사람들은 스스로를 잘 안다고 생각하면서 산다. '나는 이런 사람이야', '너는 어떤 사람인지 아니?' 등등 이제는 남을 평가하는 것도 모자라서 스스로를 평가하고 분석해서 보여 주고 싶어 한다.

근데, 불신했던 이 테스트가 동생의 추천으로 재미 삼아 해 봤더니, 내가 생각한 내 모습과 너무나 똑같았다. ESTJ...이런... 자기주장이 강하고, 고집이 센. 일을 못 하는 사람을 보면 이해가 안 가는. 맡은 일은 끝까지 해내야 직성이 풀리고 남이 참견하고 잔소리하면 그걸 못 견딘다고 하는. 나는 객관적으로 너무 나를 보는 느낌이 들었다. 신기한 건 E와 I의 차이이다. 몇 프로의 E가 있고 몇 프로의 I가 있는지 100퍼센트를 기준으로 그래프가 나온다. 나는 원래 결혼 전까지는 극 E를 가진 타고 난 '외향인'이라 생각하며 살았다. 그런데 지금은 E가 60프로 I가 40프로가 나오더라. 이 말인즉, 나는 '외향인'이지만 내향적인 성향을 그 못지않게 가지고 있다는 뜻이 아니던가?

모 방송에서 보면 한 전문가가 '외향인'은 스트레스를 받으면, 사람을 통해서 혹은 밖에서 풀어야 풀린다고 했다. 반대로 '내향인'은 스트레스를 받았을 때 혼자만의 시간을 가지고 푹 쉬어야 힐링이 된다고 하더라. 나는 그때 문득 고민해 봤다.

'나는 외향인인데, 왜 사람이 너무 많은 곳에 가면 잠시 후에 집에 가고 싶은 걸까?'

'더군다나 스트레스를 받았을 당시에는 사람들이랑 노는 게 더 진이 빠지던데. 그냥 혼자서 슬픈 영화나 책을 보면서 맥주 한잔 마시고 자는 게 내가 풀던 방식인데?'

내가 나를 사랑하려면 나를 먼저 잘 파악해야 하는데, 생각보다 머리가 뒤죽박죽이다. 나는 내가 '외향인'이라고 생각했는데, '내향인' 성향이 많이 나오는 거 같았다. 사람이 물론 살면서 내가 어떤 타입의 인간일까 고민하며 살아가는 사람은 많지 않을 것이다. 그런데, 이걸 잘 모르고 살면 슬프거나 힘들 때 극복하는 방법을 잘못 선택할 수가 있다. 그렇게 되면 오히려 우울감이나 괴로움을 증폭시킬 가능성이 높다. 그렇기에 아주 사소하지만, 내가 힘들 때, 그걸 풀어내고 힐링시킬 수 있는 나만의 합리적인 방법을 찾는 것은 인생을 살아가는 데 정말 중요하다고 생각한다.

내 친구 'H'는 힘들 때, 누군가에게 전화해서 힘들다는 말 자체를 하기 싫어한다. 그런 상황 자체를 생각한다는 것만으로도 우울과 짜증이 올라온다고 하더라. 그래서 혼자서 그 스트레스를 감내하는 편이다. 해결 방법은 간단하게 책을 읽거나, 스포츠 동영상을 보면서 혼자 혼술을 한다고 했다. 물론 그 혼술 과정에서도 잘 모르는 혼술 남이 말을 걸기도 하지만, 친구는 거의 유일한 스트레스 해소법으로 '운동하고 혼술'을 하고 있더라. 곁에서 내가 말을 들어주고 함께 울어도 주고 싶지만, 오히려 'H'는 혼자 있고 싶어 하는 듯했다.

내 남편은 완전한 '내향인'이다. 나서거나 주목받으면 많이 부끄러워하는 편이고, 화가 나거나 스트레스를 받으면 어떻게 해결해야 하는지 방법을 모른다고 했다. 한 번도 살면서 자신에 대해 잘 알고 집중해 보는 시간이 없었던 것 같았다. 음악이나 그림처럼 무언가 몰두해 본 적이 없고, 그나마 운동을 좀 좋아했었는데, 허리를 다치면서 그마저도 할 수 있는 운동의 종류가 많이 국한되었다. 남편은 아직도 스트레스를 받았을 때, 해결 방법을 찾는 중이다. 그나마 가장 자신과 잘 맞는 것은 아주 맛있는 것을 먹고 방해 없이 아주 오랜 시간 자는 것이다. 그러나 이 방법은 좀 별로인 거 같을 때가 많다. 자면서도 스트레스를 생각하느라 깊게 숙면하지 못하는 것 같기 때문이다.

이처럼 내가 외향성을 지닌 사람인지 내향성을 지닌 사람인지를 먼저 생각해 보라. 객관적이지 못할 수도 있겠지만, 그래도 내가 나를 곰곰이 생각해 보는 시간을 가졌다는 것만으로도 나는 더욱 행복한 삶을 살아가는 동력을 얻을지도 모른다.

06

의미가 꼭 있어야 하니?

여름이면 무더운 날에 귓가에 대고 끊임없이 울리는 소리가 있다. 매 암매암. 매미 소리다. 매미는 한여름이 되면 온 힘을 다해서 소리 지르는 것 같다. 저렇게 초록색으로 가득한 나무들, 울창하게 솟은 나무 사이 그 어딘가에서 계속해서 반복적으로 울고 있다. 어느 날은 우리 딸이 말했다.

"엄마, 매미가 얼마나 살다가 죽는지 알아?"
"여름에만 소리가 들리긴 하니까 아마 1년 내내 살지는 않지 않아?"
"내가 책에서 읽었는데, 매미는 딱 3개월만 살고 죽는대."

"정말? 너무 슬프다. 겨우 3개월만 살아서 죽을 것을 저렇게 열심히 낮밤 없이 운단 말이야?"

"그게 뭐 어때~. 얼마만큼 살든지 자기 할 일을 하고 죽는 거잖아~. 난 그래서 매미가 멋지다고 생각해."

그러네...? 워낙 곤충을 좋아하는 아이라서 그러려니 했는데, 아이의 말 속에서 철학이 나올 줄이야? 겨우 3개월을 사는 매미지만, 자신이 할 일을 다 하고 죽는 게 멋지다는 말에 나는 마음이 쿵 했다.

뭔가 항상 판단하려 하고, 평가하려고 하고, 조언하려고 하는 불편한 사람들이 싫어서 나는 혼자를 즐기며 살려고 하는데, 나조차도 내 주변 것들을 내 맘대로 정의하고 의미를 내리고 있었다. 나는 그렇게 살지 말아야지... 하면서 매일같이 책을 읽기도 하고 유튜브를 보면서 다짐하곤 했는데, 이렇게 무의식적으로 삶에서 같은 실수를 반복하며 살고 있었던 것이다.

이렇게 생각해 보면 우리는 누구나 의미가 없으면 살아갈 이유를 느끼지 못하는 것 같다. 꼭 숨 쉬고 살면, 무엇인가 가치 있는 사람이 되어야 할까? 무언가 이룩하고 인정받아야만 하는 건가? 그냥 살아있다는 자체만으로 감사하면서, 오늘 먹을거리가 잘 있는지, 내일은 먹을 수 있는지 단순하게 사는 게 오히려 편안하고 행복을 느낄 수도 있겠다는 생각이 들었다.

그렇게 생각하고 보니 내 주변에 내가 강요하던 많은 것이 참으로 미안하게 느껴지기 시작했다. 내가 나에게 의미를 부여하기 위해서 나에게 미련하게 강요하던 것들이 무엇인지 정리해 봤다.

---

1) 집에서 놀기만 하면 안 된다. 뭔가 생산적인 일을 할 수 있도록, 블로그라도 하고, 온라인 판매라도 신경 쓰자.
2) 게을러지면 살찐다. 적게 먹고 많이 움직이든지 운동이라도 하자.
3) 자식공부는 어렸을 때 신경 써야 한다. 아이 공부는 내가 돕자.
4) 주말에는 문화생활을 해야 한다. 가족 간의 유대감을 위해서.
5) 자식 된 도리는 하면서 살자. 명절, 생신 잘 챙겨야 한다.
6) 주변 평판이 가족에게 영향을 미칠 수 있다. 주변인에게 화내지 말자.
7) 집이 지저분하면 안 된다. 항상 깔끔하게 유지하자.
8) 인스턴트만 먹으면 안 된다. 가족의 건강을 생각해 주자.

생각보다 내가 나를 옭아매는 것이 많았다. 이것들을 매일같이 신경 쓰면서 루틴이 돌아간다. 무언가 이렇게 많은 일을 내가 해내야 하고, 그래야 내 가족이 불편하지 않게 살며, 나의 가치가 올라간다고 생각하는 것 같았다.

꼭 의미를 두어야만 되는 것일까? 사람이 자라서 다들 좋은 직장을 가져야 하나? 이런 목적이나 의미가 없는 삶은 살면 안 되는 것일까?

상대적으로 누군가는 게으르고 누군가는 엉덩이가 가볍다. 또한 누군가는 기질적으로 생각하고 행동하는 게 느리고, 누군가는 빨리빨리 단순하게 생각하고 행동한다. 환경적으로도 누군가는 돈으로 한 번에 무언가를 해결하지만, 누군가는 돈이 없어서 몇 번의 과정을 거쳐서 결국 해결한다. 이렇게 모든 상황과 기질과 사람이 다른데, 의미를 둘 때 평균적인 것들, 대중적으로 옳다고 여겨지는 것들만 두게 되면, 그게 과연 개개인의 '나'와 맞는 것일까?

그건 아마도 남을 평가하고 남을 의식하는 사회의 본질에서 출발한 것이 아닐까 하는 의문을 해 본다. 그 의미라는 것도 결국은 내 만족에서 끝이 나야 할 것이다. 그러나, 그 의미를 남들에 의해서 표현되고 분석당하면서는 나만의 의미가 아니라 모든 이의 평가가 되지 않을까 싶다.

이런 생각들이 미치고 나서부터는 나는 내가 힘들거나 내가 지치면 그냥 내려놓기로 한다. 설거지가 마구 쌓여 있을 때, 예전에는 바로바로 했지만 요즘은 이렇게 책을 읽기도 하고 그냥 바닥에 누워서 강아지를 만지고 있기도 한다. 결국 오늘 안에 치우면 되지 뭐~ 하는 마음으로. 아이에게도 그렇다.

"엄마. 나 오늘 울었어."
"왜? 무슨 일 있었어?"

"아니… 애들은 책 만들기를 하는데 다들 종이에 꽉꽉 채우더라고. 근데 나는 꽉꽉 채우는 데 시간이 너무 오래 걸려서 결국 마무리를 다 못 했어. 너무너무 속상하드라고."

헐… 사실 유치원에 가서 보니 아이들은 그냥 그림을 아주 크게 한 두어 개 그린 것이었다. 그러나 내 아이는 성격이 세심하고 생각이 많다 보니 많은 것을 한 면에 오밀조밀 그려 났더라. 과정이 다른데 그걸 같은 시간 내에 결과물이라고 생각을 하다 보니 아이가 누가 뭐라고 하지 않았음에도, 스스로를 친구들과 비교하고 있었던 것이다.

"유러바. 유러비가 이 그림책을 만들 때 기분이 어땠어?"
"응. 뭘 만들까 하고 설렜어."
"그럼 이 책은 너만의 생각을 표현한 책이네?"
"그렇기는 한데, 다른 친구들도 다 자기가 책을 그려서 완성했잖아."

"그러니까 각자 생각한 세상이 다른 거지. 매미가 3달만 살고 죽는 게 의미가 없는 게 아닌 것처럼, 엄마는 너가 완성하지 못한 이 책도 설레면서 만들었다는 점이 참 좋다. 책은 꼭 다 써야 한다고 생각하지 않아도 돼.
누군가가 너의 그림을 평가한다면 그건 그 사람의 생각이야. 그 사람은 무언가를 보고 그렇게 생각할 권리가 있지. 그게 너를 바꿀 순 없지. 그건 그 사람의 평가인 거지, 너가 너를 평가한 건 아니잖아?"

내 아이는 내 말을 듣고는 조금 생각하는 듯했다. 그러고 나서는 방긋 웃더라. 그래. 의미라는 걸 계속 정하려 들면 사는 게 다 목적으로 채워져야 한다. 그렇게 우리가 우리 살아가는 방향을 힘들게 만들 필요까지 있을까?

가끔은 숨 쉬니까 살자. 배고프면 먹는 거고. 타인에게 피해를 주지 않는 선에서는 내가 뭘 해도 내 삶이고 내 자유이지 않나? 그렇게 나도 나를 좀 놓아주고 사랑해 줘 보자.

그 장

전화가 불편해

벨 소리가 울리면 귀찮아

여러 가지 핑곗거리가 있겠지만, 일단 하나씩 나열해 보면 이렇다. 일단 온라인 판매를 하고 있는 와중이라서 전화기가 2대다. 물론 나보다 더 많은 번호를 파서 사는 사람도 많겠지만, 직업이 전화와 관련된 일이 아니라면 생각보다 불편하다. 전화벨이 울리면 결국은 상품에 대한 질문이 있고, 그 상품의 가격을 흥정하려 들거나, 본인이 원하는 방향으로 여러 문제를 조율하려고 드는 것. 그것이 아니라면 컴플레인 전화가 주로 온다.

"아니 어제 시켰는데 왜 오늘 배송이 안 와요?"

이런 전화를 받으면 순간 상대의 상식이 어느 부분까지인지 의심이 든다. 내가 파는 상품은 만들어진 상품을 파는 게 아니기 때문이다. 주문제작 상품이라고 만들어지는 과정과 기한을 충분히 홈페이지 곳곳에 올려놓고 문자까지 해도, 결국은 자신들이 편한 방법, 바로 계속해서 어필하기를 한다. 결국 어떤 사람들은 자신의 의견이 수용되지 않으면 처음 보는 사람에게 반말을 하거나, 윽박지르고 자신의 감정을 그대로 거침없이 표현한다. 나는 가끔 이런 사람들을 보면서 왜 사람들은 자신의 감정을 남에게 거칠 것 없이 전달할까 하는 고민에 빠질 때도 있다. 너무 심하게 말하는 사람에게는 인간미가 떨어지면서 그 사람이 길 가다 죽었으면 하는 생각을 할 때도 있다. 그런 생각을 하면서

'와... 이렇게까지 사람이 잔인한 생각을 하게 될 수도 있구나.'

싶을 때도 있었다. 정말 별것도 아닌 부분을 갑자기 본인이 기분이 안 좋은 상태거나 귀찮을 때, 아주 퉁명스럽게 답할 때도 있다. 모두가 서로에게 진상을 부리는 건 아닐까 싶을 정도로 요즘은 쉽게 마주친다.

나는 무례한 사람을 싫어한다. 가장 혐오하는 종류는 타인에게 배려를 왜 해야 하는지 모르는. 즉, 자기가 크든 작든 피해를 끼쳤는데 자신은 눈치가 없어서 그걸 모르는 사람의 종류를 가장 싫어한다. 주변 지인 중에서도 몇 명씩 있는데, 본인들은 항상 어디를 가든 말싸움이 일어나서 불편한 매장이 많다고 했다. 나는 가끔 그 이유를 말해 주거나, 이렇

게 말했으면 어땠을까 하는 걸 넌지시 말해 볼 때도 있다. 그러나 그들은 그 말을 듣고 싶지 않아 하거나 자신만의 생각과 주관에 빠져서 대화가 안 되더라. 일반화를 시키기에는 문제가 있지만, 나는 간혹 그들의 전화가 오면 머릿속에서 이미 스트레스가 오기 시작한다.

'전화를 받아야 하나... 그냥 톡으로 말하지 왜 굳이 전화하지?'

나는 전화를 쓰는 세대임에도 불구하고 너무 불편하다. 톡으로 말할 수 있는 간단한 얘기는 그냥 글로 써서 줬으면 좋겠다. 뉴스에서 요즘 세대가 전화 공포가 있다고 했다. 상사가 전화를 하면 너무너무 스트레스를 받아서 공황장애까지 오는 사람도 있다고 하더라. 젊은 사람들이 전화를 너무 안 쓰고 소셜과 톡만 써서 그렇다는 평가가 많이 있던데, 나는 생각이 다르다. 문화를 받아들이는 건 젊을수록 빠르지 않나? 그들이 불편한 건 아마... 상대를 배려하지 않고 불편한 말을 너무나 스스럼없이 하는 사람들. 당신 기분 따위야 어쨌든 말든 나는 내 기분을 말하련다 하는 스타일의 사람이 많아져서 그런 것 아닐까?

야밤에 전화하는 지인도 있다. 사람들이 밤이 되면 대부분 싱글이 아니고서는 가족과 함께일 것이다. 그러나, 자기가 해야 할 말이 그 밤에 떠오르면 꼭 해야 하는 고집. 내가 그 시간에 생각났고 나는 그걸 꼭 말로 표현해야 하니, 너 상황까진 모르겠고 일단 받아. 이런 느낌? 이런 사람이 많을지는 모르겠지만, 지인 중에 한두 명은 다들 있지 않을까 싶다.

그래서 그런가 나는 말이 잘 통하고 무례하지 않으며 배려심이 많은 사람들의 전화를 주로 잘 받는다. 어? 말하다 보니 이건 전화 문제가 아니네? 사람의 문제였구나...

08

스트레스를 왜 나한테 풀어?

이야기를 잘 들어주는 사람에게는 항상 말을 하고 싶어 하는 사람이 주변에 많은 것 같다. 나도 이야기를 하는 걸 더 좋아하는 타입이지만, 책을 읽고 아이를 키우면서 이것도 밸런스가 맞아야 한다는 걸 깨닫게 된 케이스다. 그래서 동네 지인과 만나게 되면 항상 이야기를 많이 안 하고 들어주려고 의식을 붙들고 사는 편인데, 이게 하다 보니 예기치 못 한 상황이 발생하고는 한다.

말을 해서 스트레스를 풀어야 하는 사람들이 있다. 아주 간혹 발생하 는 불상사라면 들어줄 만한 이야기다. 그러나 문제는, 매일같이 자신이 예민해서 조그마한 일에도 크게 울컥하면서 스스로 견디지 못하는 사람 들이다. 그런 사람이 많지 않긴 하지만, 이런 케이스의 지인들은 곁에 한

두 명만 있어도 생각보다 에너지가 많이 뽑힌다. 그래서 가끔은 나도 혼자 있고 싶거나, 오늘도 뭔가 불만 가득한 이야기를 쏟겠군. 들어주기 불편하다 싶으면 전화가 와도 잘 받지 않으려고 한다. 이게 만나서 이야기를 하면 나름 내 표정도 보고 분위기도 함께 느끼면서 약간의 조절이란 걸 더 하는 것 같은데, 전화로 하면 아무것도 보이는 것이 없다 보니 자신만의 이야기에 취해서 계속 자신의 말만 쏟아내는 것 같다.

아주 작은 일례로 'T'라는 지인이 있다. 아이가 한 명 있는데, 극성스럽지는 않지만 활기찬 아들이 있다. 유치원에 가기 위해서 다들 비슷한 시간대에 유치원 등원버스를 비슷한 장소에서 보내게 되는데, 다양한 동네 학부형과 마주치게 되는 장소 중 하나다. 이곳에서 어떤 사람은 성격이 활달해서 모르는 사람에게도 인사를 걸고 웃고 하는 반면에, 어떤 사람은 내성적이라서 모르는 사람에게 먼저 말을 걸거나 인사를 하거나 하는 게 어려울 것이다. 분명 이런 것들을 살아가면서 다들 알 것임에도, 이상하게 자기중심적인 사고에 갇혀 있는 사람들이 꽤 있다. 'T'는 해당 장소에서 유치원 등원 버스를 기다리고 있었다. 아이가 너무 신나 있어서 옆에 있는 아이들에게 인사를 했다. 'T'는 자신의 아들이 인사를 하니까 자신도 멋쩍게 웃으며 인사를 건넸다. 그런데 앞에 있던 학부형들이 조금 쑥스럽게 인사를 하고는 다시 아는 사람들끼리 이야기를 나눴다고 한다.

"아니, 내가 진짜 아침부터 스트레스가 받아서 살 수가 없어요. 어떻게 사람이 어렵게 인사를 건넸는데, 자기들끼리 수다 떠느라 내 인사를 그렇게 무시할 수가 있어? 나 우리 아들이 거기 애들에게 인사하는 것도 못 하게 할까 고민 중이야."

'T'는 사실 본인은 아는지 모르겠지만, 상당히 예민하다. 생각도 상당히 자기중심적이고, 외향적으로 마구 표현하는 스타일은 아니지만 주변에 친해지는 사람들에게 스트레스를 푼다. 주변 사람들 하나 둘씩 떠나간다. 그래서 짧게 만나는 사람은 있어도 길게 오래 정을 나누며 만나는 사람은 정말 드물다. 그런 그가 전화가 올 때면 가끔 고민이 된다.

'오늘은 또 어떤 일로 전화를 한 걸까? 중요한 일이면 받아야 하겠지만, 또 본인이 스트레스 받았다는 얘기를 꺼내는 걸 수도 있는데. 톡으로 말하면 좋을 텐데...'

사업상 용무로 전화가 걸려 올 때는 각 지역 사장님이 많다. 전화를 받다 보니 사람의 특성이 정말 다양하구나 하는 걸 알게 됐다. 그 와중에도 본인이 뭔가 일이 안 풀리는 일이 앞전에 있었는지, 전화를 거는 첫 마디부터 엄청 예민하고 신경질적인 말투를 쓰는 사람들이 있다. 본인들도 갑질에 당한 것인지, 누군가의 스트레스를 떠안게 된 것인지는 모르겠지만, 본인들도 나에게 전화할 때는 감정을 추스르지도 못하고 적나

라하게 표출해대는 것이다. 예전 같았으면 나도 함께 울컥해서

"왜 화를 내시죠? 나도 사람이에요. 감정표현 그런 식으로 하지 마세요.
불쾌하니까."

라고 언성을 높이겠지만, 지금은 인간은 변하지 않는다는 점과, 일일
이 다 반응하고 쳐내면 나만 스트레스를 함께 전달받는다라는 진리를
이해했다. 그래서 나름의 방책으로 최대한 감정의 동요를 하지 않으려
한다. 덕분에 싸우는 일은 거의 없어졌지만, 누군가 내 감정을 동요하게
하고 불편하게 하는 사람들과는 길게 말하지 않으려 하고 오히려 그럴
바에는 혼자 있는 게 더 좋다 하는 마음을 갖는다.

말없이 문자로, 톡으로, 소셜로

우리나라뿐만 아니라 요즘은 세계적인 추세로 전화보다 톡이나 소셜로 연락하는 걸 편안하게 생각한다고 한다. 뉴스에서까지 이런 유의 기사를 접하다 보니 요즘 세상은 참 빠르구나 싶은 마음이 들었다.

나만 하더라도 문자로 발주를 받고 문자로 입금확인을 하고, 문자로 발송완료를 하고 있다. 전화는 주로, 복잡한 일이 생겼거나, 나이가 많으셔서 속도를 따라오지 못하시는 분들에게 사용하는 편이며 대개는 거의 전화로 일하지 않는다. 40이 다 되어가는 내가 이런데 나보다 더 어리고, 전자기기가 훨씬 편한 사람들은 어떻겠나? 더군다나 요즘은 이모티콘도 영상처럼 움직이고 음악도 나온다. 너무나 웃기거나 재미있는 '짤'이나 '밈' 영상도 보낼 수 있기 때문에 상황에 맞게 이용하면서 말을 한다면 더더욱 신나고 재미있으면서 자극을 줄 수 있다.

다양한 '비언어적 방법'이 활성화되면서 흐름을 빠르게 좇는 세대는 확실히 톡, 문자, 소셜 등으로 대화하는 게 더욱 재미있고 편하다. 나도 그렇다. 세상의 흐름을 빠르게 좇는 세대는 아니지만, 이상하게 감정적으로 편안하다. 뭔가 상대방의 말투 속에서 감정을 그대로 전달받는 것이 좀 부담스럽고 불편할 때가 많기 때문이다. 물론 전화가 편한 상대는 따로 있다. 주로 남편이나, 가족, 나의 절친까지. 딱 요 정도가 그냥 아무이유 없이 전화를 걸거나 받아도 즐겁고 평안하게 대화를 나눌 수 있다. 그러나 그 외적인 사람들과는 전화를 자주 하기에는 좀 귀찮을 때가 많고 불편하다. 그 이유가 뭘까?

어떤 화제가 나왔을 때, 생각이 달라서 오는 차이를 편하게 서로 얘기하는 게 어렵기 때문이 아닐까 한다. 사소하게 나는 청소가 싫어서 사용하는 물건은 바로바로 제자리에 놓는다. 매일같이 청소를 하는데 많은 이유가 있다.

---

1. 아이가 바닥에 떨어진 걸 밟아서 다치는 게 싫다.
2. 아토피가 있어서 너무 지저분하면 몸이 간지럽다.
3. 집에 있는데 주변이 안 예쁘면 있고 싶지 않다.
4. 대청소하는 게 너무 싫다.

대략 이런 이유들로 나는 그때그때 바로바로 청소를 하는 편이다. 전화로 대화를 하다가 문득 이런 청소 이야기가 나왔을 때, 나는 나의 청소 관념과 방식을 말한다. 상대방은 나와 정반대 생각을 가지고 살고 있다.

1. 움직이는 게 귀찮다. 대청소할 때 움직이자.
2. 어차피 청소해도 바로 아이가 어지른다. 의미 없다.
3. 집이 어수선하면 밖에 나가서 취미생활 하다 오면 된다.
4. 내가 아니어도 가족들이 허물 벗어 놓는다.

이렇게 사람이 생각이 다를 수 있다. 나는 그렇구나 하는 편인데, (물론 상대가 조언을 구하거나 너는 어떻게 생각해? 라는 식으로 물어보면 내 생각을 말하기는 한다.) 상대방은 자신이 옳으면 상대는 틀렸다라는 식의 접근을 할 때가 있다. 그럼 우습지만, 이 사소하고 돈도 나오지 않는 대화로 인해 갑자기 공격받았다는 느낌이 들면서 부정적인 기운이 스멀스멀 단전에서 올라오게 된다. 내 멘탈이 우리펜탈이기도 하고, 괜히 긁어 부스럼 만들고 싶지는 않다.

"그냥 나는 나대로 살게, 너는 너로 살아."

라고 말하는 것도 상대가 기분 상할 수 있는 말이지 않는가? 생각이 다름을 교환하는 과정은 한쪽만 가능해서는 대화가 핑퐁이 될 수가 없다고 생각한다. 그래서 나는 뭔가 그런 대화 방법을 주로 사용하는 지인과는 전화가 오면 전화를 피한다. 전화를 받지 않고 카톡이나 문자로 대화한다. 스트레스를 받아 가면서 지인을 만들 필요가 있나? 싶은 생각이 들기도 하지만, 세상에 나를 맞춰 주는 사람은 아예 없지 않나? 이사를 가도, 다른 곳에 가도 다들 너무나 다양한 스타일의 사람들이고, 그 사람들 모두와 척지고 살아갈 수는 없는 노릇이다.

그래서 생각해낸 나만의 방법 중 하나는, 사람을 가려가면서 내 에너지 상황을 조절해 가면서 대화하는 수단을 조절하려고 하는 것이다. 근데 생각해 보면, 지인들과 대화하는 방식을 조절하는 것은 어려울 게 없다. 문제는 일에 관련된 사람들이다. 특히나 상사가 너무 불편한 화법을 사용하는데, 본인은 고칠 마음이나 노력이 없고, 하대하는 게 너무나 당연한 사람이라면 전화를 안 받거나 문자로만 계속 대화하면서 일을 할 수는 없는 노릇일 거 같다.

또 뉴스를 보다 보면, 업무 요일이나 시간 외에도 숙제를 주듯 단톡방에서 남겨놓는 일도 허다하다고 하더라. 물론 모두가 그런 건 아니겠지만, 전화가 불편해서 글로 소통하는데, 단체가 들어와서 모두가 보고 소통하는 건 또 그 나름 상대적으로 많이 스트레스를 받을 수 있을 거 같다. 개인 톡도 글을 보내 놓고 신경이 쓰여서, 한번씩은 내가 한 말, 상대가 한 말을 보는 사람도 있을 텐데, 여러 명이 다 한꺼번에 지켜보고 있는 자리에서 글로써 의사표현을 눈치 안 보고 자유롭게 한다는 건... 대담하거나, 눈치가 없는 척하는 사람일 수도 있지 않을까 싶기도 하다. 여러 사람이 의견을 내면 근거가 없어도 왠지 따라야 할 거 같은 심리가 있지 않은가? 물론 나는 내 할 말을 하고 왕따로 지내는 스타일인 것 같기는 하지만...

세상의 흐름이 이렇게 빨라지는 사회에서 건강하고 행복하게 살아남으려면, 내 의견만 고집할 수는 없는 노릇이다. 위치나 직위에 따라서 누가 더 참냐, 덜 참느냐의 차이이긴 하겠지만...

이제는 이모티콘 사업도 블루오션이라고 하더라. 많은 사람이 이모티콘을 만들어서 대화하는 중간중간에 사용하도록 격려하는 듯하다. 너무 귀엽거나, 너무 재밌는 캐릭터가 많다. 대화의 본질은 같지만, 대화하는 방식이 다양해진다는 생각이 든다.

불편한 감정을 상대에게 너무 그대로 적나라하게 전달하진 말아보자. 결국은 내가 한 감정의 쓰레기들이 타인에게 가서, 그 사람도 누군가에게 그런 쓰레기들을 전달해 보낼 테고, 돌고 돌아서 나에게 오지 않으리란 법도 없지 않나?

10

시간을 빼앗아 가는 편리한 것들

난 몇 년 전부터 디지털 전자 기기에 푹 빠져 살고 있는 중이다. 한 가지로 국한할 수는 없는데, 가장 많이 사용하는 것은 일단 당연히 휴대폰이다. 나도 모르는 사이에 휴대폰으로 정말 많은 것을 하고 있었는데, 사실 그걸 공기처럼 하고 살아서 얼마나 다양한 일을 하는지조차 알지 못하고 있었다.

나는 거의 오후가 되면 침대에 베개 한 개. 그 위에 파란색 돌고래 쿠션을 얹어 놓고 절반 정도 눕는다. 조용히 TV리모컨을 찾아서 백색소음 용으로 사운드는 4 정도에 맞춰 놓는다. 조용히 뉴스를 틀어 놓고, 리모콘을 침대 옆 탁자에 놓는다. 그러고는 이번에 새로 바꾼 아주 큰 액정의 갤럭시 휴대폰을 집어 든다. 먼저 뉴스를 검색한다. 아이러니하긴 하지만, 나는 신문 뉴스는 보지 않는데, TV뉴스와 모바일 뉴스는 또 본다. 신문으로 보는 게 좋다고 하긴 하던데…

내가 찾아보는 뉴스는 거의 연예계까진 가지 않는다. 오늘의 뉴스 검색이 다 끝나고 나면, 블로그를 켠다. 나는 이제는 귀찮아서 매일매일 블로깅을 하지는 않지만, 며칠에 한 번씩은 블로그 답방도 다니고, 글도 쓰고… 열심히 하는 편이다. 이건 거의 한 시간 정도 소요된다.

그다음은? 소셜을 한다. 인스타에 사진첩 개념으로 사용하려고 사진을 간단하게 업로딩한다. 그런데 요즘 세상은 뭐든 홍보와 자기 PR 시대이지 않은가? 정말 다양한 정보가 계속해서 내 눈을 끌어당긴다. 나는 인스타를 통해서 많은 정보를 섭렵하고 있긴 하다. 물론, 그게 진짜 진실인지, 거짓된 정보가 아닌지는 계속해서 걸러 내야 하는 에너지를 쏟고 있다. 그러면서 내가 운영하는 온라인 마켓을 어떻게 홍보할지, 어떻게 유입량을 늘릴지에 대해서 생각해 보고 찾아보기도 한다.

스마트 스토어를 운영 중인데, 요즘은 휴대폰 어플로 편하게 나와 있어서 휴대폰으로 발주확인과 발송처리까지 가능하다. 물건 수량이나 옵션을 조절할 수도 있고, 직접 판매페이지를 작성할 수도 있다. 워낙 간단해지는 추세라서 휴대폰의 용량과 화질이 좋아야만 편리하고 질 좋은 업무를 연동할 수 있다.

이렇게 휴대폰질이 끝나냐고? 아니다. 나는 휴대폰으로 웹툰도 보고 웹소설도 본다. 주로 네이버 계열로 보는 편인데, 요즘은 천재적인 스토리를 만들어서 아주 높은 수준의 문해력 없이, 생각해야 하는 스트레스 없이 술술 읽히는 로맨스 소설이나 웹툰이 많다. 너무너무 재미있어서 밤잠을 설치고 밤을 새운 것도 하루이틀이 아니다. 밤새 쿠키를 구우면서 다음 이야기를 기대하는 설렘도 느낄 수 있다. 덕질까진 아니지만, 무협소설이나 로맨스지의 어떤 쉽고 재미있는 독서의 입질이 간간이 온다.

음악을 틀기도 하고, 가장 좋아하는 게임을 하기도 한다. 원래 결혼 전부터 하던 게임이 LOL인데, 그게 모바일 버전으로 나오고 나서부터는 컴퓨터를 켜지 않고 조용히 잠든 아이 곁에서 휴대폰으로 게임을 한다. 집에서 게임하는 사람이 생각보다 많지 않을까 싶다. 이렇게 게임을 하다 보면 게임 한 판 하는데 20분에서 50분 정도까지 시간이 걸린다. 게임 한 판에 이 정도 시간이 걸리는데, 적어도 3게임 정도는 해야 '아, 오늘 게임 했네?' 싶으니, 2-3시간은 그냥 순삭이다.

하루가 24시간인데, 내가 자는 시간을 제외하고는 휴대폰 하나로 이렇게 많은 일을 처리할 수 있다. 심심할 새가 없다. 하물며 핀터레스트와 각종 밴드에서는 코바늘 뜨개질 도안도 공유가 가능하다. 나는 예전처럼 프린트해서 도안 보는 게 아니라 휴대폰으로 저장해서 틀어놓고 도안을 본다. 사진을 찍고 싶을 때는 카메라보다 화질이 좋은 휴대폰으로 사진을 찍는다. DSLR로 전문적인 사진을 찍을 게 아니니까?

가끔은 휴대폰을 만든 사람은 혹시 미래에서 살다가 온 사람이 아닐까 하는 생각이 들 때도 있다. 이렇게 다양한 일을 처리할 수 있는 기계를 만들 생각을 했다는 것 자체도 대단하다. 이걸 예상하고 투자했던 사람들도 대단하다. 계속해서 발전하는 휴대폰 산업은 확실히 투자할 가치가 있는 종목인 거 같기도 하다.

휴대폰 다음으로 많이 사용하는 편리한 기계? 시간 투자를 많이 하는 E-book 리더기다. '전자책'이라고들 부른다. 처음에 샀던 기계는 정말... 너무 느렸다. 가벼운 편도 아니었고, 파일을 따로 다운받아서 다시 전자책 기계로 열어서 봐야 하는 불편함도 있었다. 그런데 몇 년 전에 안드로이드 기반으로 바로 앱을 다운받아서 책을 볼 수 있는 E-book 리더기가 나왔다. 나는 바로 고민 없이 샀고, 그 결과 다양한 책을 정말 손쉽고 편리하게 언제 어디서든 볼 수 있게 되었다. 특히나 시립도서관이나 도립도서관 등에서 다운받아 책을 볼 수 있다는 점은 엄청난 매력이다. 책 한 권 읽기가 어려웠는데, 이상하게 전자책은 정말 편하게 여기저기서 술술 읽힌다. 책이 많아져서 더 이상 책을 꽂아 놓을 장소가 없어지고, 내 소중한 책들이 자리를 너무 많이 차지했었다. '이 집의 주인이 과연 누구였지? 나는 아니다. 아마... 내 책들?'이라고 생각할 정도로 많은 양의 책을 한번에 팔아버리고 나서는, 마음이 아파서 책을 마구마구 사서 들이던 습관도 버렸다.

그런데 육아를 하면서 문득 아이를 위해 내가 책 읽는 모습을 보여줘야겠다는 생각이 들었다. 휴대폰만 하고 앉아 있거나, 매일 "나가자. 뛰어 놀자." 하는 것보다는 규칙적으로 책을 읽어 주고, 책을 읽고 있는 모습을 시도해 보자 싶었다. 그래서 전자책 읽는 모습을 보여 주었고, 기계로 이렇게 다양한 것을 시도해 볼 수 있다는 점도 보여 주었다. 특히나 가독성이 좋으면서, 화면 밝기도 조절이 가능해서, 밤에는 불을 따로 켜 놓을 필요 없이 독서가 가능하다. 이렇게 스마트한 시대에 살고 있는데, 나의 소중한 시간들을 빼앗아 가는 편리한 기기들이 이렇게 많다니.

아직도 내가 다 사용하지 못하는 기계가 한두 개가 아니다. 아직 나의 사랑하는 미싱기는 잠시 쉬고 있는 지 2달째다. 문화센터 개강이 아직 멀었기 때문이다. 수선 파트만 배워서 했었는데, 홈패션은 또 다르고 드레스 양재는 또 다르다고 한다. 다르면 더 좋지? 배울 게 더 많다는 뜻인데. 이렇게 하나씩 배워가면서 내 주변에 채워지는 다양한 기계들. 내 시간을 좀 더 뺏어 가려무나. 나는 아직도 배우고 싶은 게 정말 많단다.

내 아이가 가끔 질문한다.

"엄마. 엄마는 아직도 하고 싶은 게 그렇게 많아요?"

재밌는 건 내 남편도 비슷한 생각을 하는 것 같다.

"당신은 휴대폰 하나로 정말 여러 가지를 한다. 엄청 다양한 일을 해."

나는 아직도 하고 싶은 일이 산더미다.

11

오해를 부르는 문.자.어

전화로 말하기보다는 확실히 늦은 시간에도 그렇고, 내가 피곤한 상황에서는 글로 상대와 대화하는 게 편하다고 했다. 그런데 이게 또 이 나름대로 장점과 단점이 너무나 확연해서 생각해 볼 만하다. 특히나, 요즘같이 문해력이 부족해진다는 연구결과가 나와 있는 상황에서는 더더욱 실수로 인한 오해가 많아지는 거 같다. 뉴스에 나온 것 중 대표적인 상황은

"심심한 사과를 드립니다."
"심심한 위로를 드립니다."

였다. 누군가가 진실한 사과를 해야 하는 큰일을 저질렀을 때, 소셜에

이렇게 공표를 했는데, 속뜻을 모르는 일부 누리꾼들에 의해서 뉴스에까지 나오게 된 사건이었다. **심심하다는 뜻의 의미가 '재미없다'의 심심하다라고 오해해서 해프닝이 일어난 것이었다.** 이런 사소한 부분이 모이면 큰 사건이 될 수도 있기에 우리가 문자어로 사용하는 이런 대화가 어떤 상황에서는 상당히 조심해야 하고 신중해야 할 것이다.

그러나 일반적으로 우리가 지인과 대화하거나 주문해야 할 때. 불만을 제기하거나 질문을 하는 상황 등에서 문자어를 사용할 때, 엄청 신중을 기해서 글을 써서 보내는 사람이 과연... 몇이나 될까? 정작, 나부터도 어려운 사람이나 어르신을 대할 때가 아니면 생각나는 대로 빠르게 휴대폰 타이핑을 친다. 하물며 글을 쓸 때보다, 어떤 이모티콘이나 밈을 넣을지 고민하는 시간이 더 길 때도 있다. 이러다 보니, 대화를 할 때 주체가 나만이 아니라 상대까지 포함해서 말을 해야 하는데 내가 어떤 말을 하는지에만 생각이 맞춰져 간다. 그래서 상대가 서운함을 느끼는지 아닌지 확인할 일도 없고, 혹시나 해서 물어보는 것도 이미 대화가 글로써 지나간 뒤이기 때문에 다시 들춰서 물어보기도 애매하다.

가장 헷갈릴 때 중 하나는 'ㅋㅋㅋ'를 사용할 때다. 뭔가 슬프거나 어려운 일이 터졌다는 지인의 말에

"괜찮아? 너 지금 많이 힘든 상황 아니야?"

라고 물으면 'ㅋㅋㅋ'를 사용해서 오는 답변에 난감하다.

"응. ㅋㅋㅋ 괜찮아. 걱정해 줘서 고마워. ㅋㅋㅋ"

이런 답변을 받았을 때는, 정말 큰일이 아닌 별스럽지 않은 일인 건지, 아니면 이미 생겨난 일에 대해서 해결 방안이 마련되어 안정되어 있는 건지, 괜찮은 척하려고 그러는 건지, 많은 생각이 든다. 한번은 동생이 이렇게 'ㅋㅋㅋ'를 사용하길래 물어본 적이 있다. 그때, 동생은

"ㅋㅋㅋ를 안 쓰면 너무 진지해 보여서 싫잖아. 그래서 딱딱해 보이고 너무 진지해 보이는 게 싫어서 습관처럼 ㅋㅋㅋ를 붙이는 거야."

라고 했다.
진지해 보이는 게 가끔은 부담스러울 때가 있긴 하다.

어떤 사람은 '…'을 많이 사용해 글자를 써서 보내는 사람이 있다. 대화를 할 때면 문득 '오늘 힘든 일이 많았나?' 싶거나 '요즘 우울한가?' 싶을 때가 잦다. 그래서 전화해서 물어보면,

"그냥 너무 가볍게 쓰면 말이 딱딱해 보여서 싫더라고. 그래서 문장부호 여러 개 찍은 거야."

라고 했다. 아직도 문자로 대화하는 것은 생각을 이해하기에 분간이 확실히 가지 않을 때가 종종 있다. 그래서 주로 사용하는 방법이 '이모티콘'인 것이다. 내가 정말 슬프다 할 때는 '슬픈 이모티콘'을 사용하고, 내가 지금 기분이 너무 좋다 할 때는 '기쁜 이모티콘'을 사용한다. 대부분이 나처럼 이런 방법을 통해서 우리가 어려워하는 상황을 모면하고 추측하지 않을까 싶다.

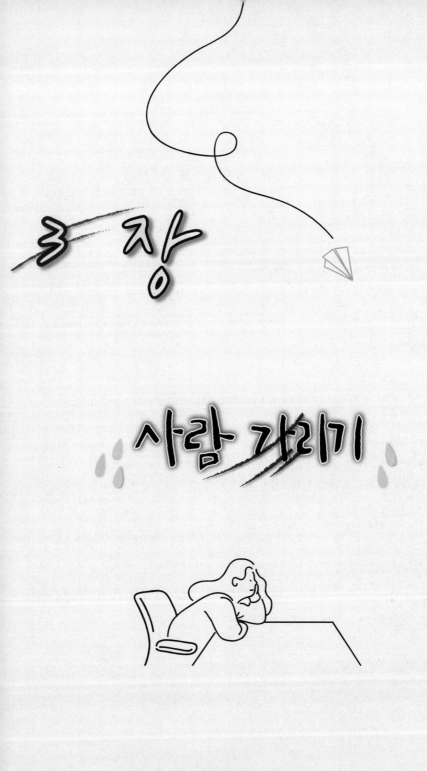

12

나를 먼저 알아보기

혼자 있는 시간을 즐기기 위해서는 아무거나 해서는 즐거울 수가 없다. 어떤 사람은 기초체력이 낮아서 운동을 싫어한다. 운동을 싫어하는 사람은 수영이 재밌다, 땀 흘린 뒤에 먹는 맥주가 맛있다 등의 말을 진심으로 이해할 수가 없다. 이해하고 싶지도 않지만. 어떤 사람은 움직여야만 행복한 사람이 있다. 자기 관리에 최선을 다하는 자신의 모습에 취할 때가 종종 있으며, 꾸준히 관리하는 자신을 남에게 어필하고 싶어 한다. 이렇게 사람들은 너무너무 스타일이 다양하기 때문에 주변 사람이 말하는 취미생활을 마냥 따라가거나, 전문가들이 말하는 것들을 유튜브로 들어가면서 무작정 좇아 하는 것도 옳지는 않은 것 같다. 뭐 이 부분에 대해서도 사람의 주관은 다를 테지만.

나는 그래서 내가 좋아하는 것과 싫어하는 것을 최대한 객관적으로 파악해 놓는 게 중요하다고 생각한다. 예전에 체력이 남아돌 때의 내가 좋아하는 것과 지금 40줄이 다 되고 경력이 단절되면서 아이를 키우는 상황에서 좋아하는 것이 많이 달라졌다. 결국, 인생이 유기적으로 변하듯이 내가 늙어가고, 그렇게 세상이 변하듯이 내가 좋아하고 싫어하는 것도 멈춰 있지는 않는 것 같다.

나는 예전에는 사람들을 만나서 밤새 술 마시고 춤추고 수다 떠는 걸 즐겼다. 매달 해외로 여행을 다녔고, 그 여행도 최고급 여행이 아니라 밤도깨비 여행을 즐겨 다닐 정도로 체력이 나쁘진 않았다. 아이들을 가르치는 일을 하면서 에너지가 매일같이 넘쳐 흘렀고, 사람을 대하는 것도 딱히 부담도 없을뿐더러 어려움이 없었다. 자는 시간이 아깝지 않았고 취미가 많은 편이 아니었다. 말을 할 때 상대방의 눈치를 많이 보지 않았고, 내 감정표현에 상당히 솔직하고 적극적이었다.

그런데, 결혼을 하고 나이를 먹어가면서 이상하게 조금씩 내가 익숙하던 것들이 친숙하지 않고 불편해지기 시작했다. 밖에서 노는 건 좋아도 자는 것은 절대 싫어하던 내가 지금은 캠핑을 너무나 즐기는 캠핑러가 되었다. 이유는? 여러 가지를 생각해 봤는데 아무래도 집에 있는 시간도 너무나 길고 자연과 함께 가까이서 살고 싶은 마음이 계속 깊어진다. 캠핑을 가면 자연 한복판에서 온갖 바람 내음을 맡을 수 있다. 벌레가 울면 벌레 우는 소리를 듣는다. 별이 뜨는 밤에는 하늘을 바라보면서 별을 세어 볼 수 있다. 비가 오는 날은 더욱 좋다. 투두둑 투두둑 비가 떨어져서 천막에 부딪히고 또르르르 떨어지는 소리를 들으며 술 한잔, 음악 소리, 가족. 다 함께 듣는 그 시간이 사소하지만 귀하고 소중하더라. 더우면 더운 대로 카라반에 피해 있는다. 물놀이를 향해 아이와 뛰고, 모기를 누가누가 많이 잡나 웃으며 논다... 집에서는 할 수 없는 것이 너무나 많다. TV를 들고 가 봤는데, 아무리 심심해도 TV를 보진 않는다. 자기 전에는 틀어서 보긴 하지만, 서로 대화를 하고 무언가를 만들거나 해 먹에서 놀거나, 무언가를 만들어 먹는다.

그렇게 자식을 처음 키워서 어떻게 키워야 하는지 어색한 아빠(남편)과 딸의 거리도 더욱 단단하고 가까워진다. 서로 자주 다투긴 하지만 아예 관심도 없이 대화가 없는 것보다는 투덕거림이 나는 더욱 듣기 좋을 때가 많다. 그렇게 나는 캠핑에 빠져들었다.

나는 운동을 아주 싫어해서 헬스를 시작했을 때 해 뜨는 걸 보면서 울었던 사람 중 한 명이다. 숨 쉬는 것만 좋아하고 기초체력이 낮은 편이고, 건강도 좋은 편은 아닌 것 같다. 그러나 나이가 들면서 건강에 적신호가 켜지는 걸 다른 사람보다 나이에 비해서 빠르고 민감하게 느끼고 있다. 싫어하지만 이제는 해야만 하는 것으로 운동을 꼽는다. 그나마 기구 필라테스는 덜 힘든데 근력이 잘 붙어서 재밌긴 했다. 재미없이 뛰고 무거운 물건을 드는 헬스는 나 같은 사람은 아직 시작하긴 멀었다. 그나마 필라테스 혹은 요가는 가기 싫은 정도는 아니어서 꾸준히 하고 있다. 매일 한 시간씩만 해도 시간이 너무 빠르게 간다. 이제는 집에서 아예 유튜브로 홈 요가를 매일 하고 있기도 한다. 꾸준히 하다 보니까 확실히 굽은 어깨와 골반(아이를 키우는 사람들의 주된 증상)의 가동 범위가 넓어지고 통증이 덜하다. 혈액순환도 확실히 많이 나아진 편이다.

아이를 보내고 나서는 드라마나 보지 못했던 범죄수사 예능 등을 찾아서 본다. 이상하게 나는 범죄를 재구성하는 프로그램이 흥미가 돈다. 캡슐커피를 찾아서 커피를 내리고 뜨개질할 거리를 박스에 넣어서 소파에 놓는다. 이 취미를 위해서 나는 밴드를 3개나 가입했고, 정보를 일주일간 찾아다녔다. 거기다가 캠핑 때 쓰려고 산 스마트 TV를 거치대까지 구입해서 거실에 놓고 넷플릭스에 디즈니플러스, 웨이브, 티빙 등을 가입해서 원하는 프로그램을 보며 뜨개질을 즐긴다. 사람들은 뜨개질을 하다 보면 스트레스를 받는다는데 왜 나는 가만히 TV를 보는 것보다 뭔가를 손으로 만들고 있는 과정이 더욱 쾌감이 오는지 모르겠다. 가만히 있으면 좀이 쑤신다. 뜨개질만 하고 있는 것도 뭔가 허전하다. TV를 틀고 혹은 영화를 틀고 열심히 코바늘로 뭐라도 뜨고 있으면 이상한 쾌감이 전신으로 퍼진다. 그렇게 집에 실이 조금씩 쌓이는 게 문제이긴 하지만, 적당히 정리되어 있으니 좋다.

인테리어를 바꾸는 것도 너무너무 좋아한다. 집에 있는 시간이 긴 사람이어서 내 눈에 보이는 것이 내 마음에 들지 않으면 기분이 좀처럼 나아지지 않더라. 그래서 돈을 들이지 않으면서 인테리어 할 수 있는 것을 많이 생각해 내보는 편이다. 일단 소파 정도는 나 혼자 이리저리 옮겨 가면서 일 년에 2-3번 정도는 위치를 바꾼다. 그렇게 아이 방은 매년, 아이가 나이를 먹어감에 따라서 베이비 장이 주니어 장이 되고, 장난감 텐트가 사라지면서 이층침대가 들어왔다. 책을 읽을 시간이 되면서 책장이 들어가고, 교구를 사용하는 시기가 되니 교구장을 들였다. 새것도 있고 중고로 들인 것도 많지만 중요한 점은 계속해서 방의 위치를 재구성한다는 것이다. 현재 초등학교에 들어가는 딸을 위해서 우리 집 거실은 이케아 책장이 3개가 들어왔다. 쇼파가 책장 앞으로 나와서 책꽂이에 접근하면 도서관 같은 느낌이 든다. 책장 맨 끝부분에는 전구와 대방석을 놓아주었다. 물론 아동용 흔들의자도 빠질 수 없지. 그렇게 완성된 거실의 작은 서재 공간에서 아이는 책을 읽는 걸 즐기기도 하고 태블릿으로 방송을 보기도 한다. 생각보다 내가 좋아하는 것이 많아졌다. 물론 한 번씩 가구를 재배치할 때마다 2일씩은 하루 종일 누워 있는다. 혼자 하려니 생각보다 몸살이 오기 때문이다.

여전히 책 읽는 걸 즐기기 때문에 전자책으로 이북을 대여해서 여기저기서 본다. 그런데 요즘 들어 글을 읽기만 하는 게 아니라 내 생각을 쓰는 것도 재밌다. 글을 쓰다 보면 2-3시간은 금방 간다. 그래서 사람들이 글을 쓰는구나 싶더라. 전문가가 읽어 본다면 무언가 평가할 게 많기는 하겠지만, 나는 논문을 쓰는 게 아니고 전문서적을 쓰는 것이 아니기 때문에 부담이 적다.

내가 혼자를 즐기는 이유는 너무나 많다. 이렇게 취미생활이 살면서 하나둘씩 늘어나는데, 예전이라면 거들떠도 보지 않던 것들이 살면서는 나의 시간을 지탱해 주는 것들이 되기도 한다는 말을 해 주고 싶다. 누구나 자신이 좋아하고 싫어하는 것을 잘 알고 살고 있을 것이다. 그런데 문득, 이런저런 일을 하면서 하루하루를 살고 있는데, 딱히 즐겁지 않고 외롭다는 생각이 든다면 다시 한 번 내가 좋아하는가? 하는 물음을 가졌으면 좋겠다. 예전에는 좋았는데 지금은 아닐 수 있기 때문이다.

13

나랑 잘 맞나 안 맞나가 중요해

모 방송에서 한 연예인이 오래간만에 출연했을 때 이런 말을 했었다.

"세상에 나쁜 사람 착한 사람이 어디 있나요? 그냥 상황에 따라서 사람이 변하는 거지. 나는 나랑 잘 맞는 사람, 안 맞는 사람으로 그냥 구분해요. 모두가 나랑 맞을 수는 없으니까요."

이 말을 듣는 순간 '아!' 싶었다. 무조건적으로 나쁜 사람이 있는 건 아니라는 말에 어느 정도 많이 공감하면서 살고 있었기 때문이다. 나에게는 정말 착한 친구 한 명이 있다. 그 친구는 대학생 때부터 알게 됐는데, 심성이 참 착하고 순하다. 항상 누군가에게 나쁘거나 상처가 될 말은 되도록 하지 않으려고 애쓴다. 그래서 본인이 손해를 조금 보는 한이 있더라도 딱히 강하게 어필하는 편이 아니다. 그럼에도 불구하고 본인의 삶의 만족도는 높은 편이었다. 그렇게 하는 편이 본인 마음에 안전했기 때문이다. 그런데 이상하게도 친구는 만나는 남자 친구가 거의 다 나쁜 남자였다. 다른 이와 함께일 때는 그런 말투나 그런 행동을 하지 않는 내성적인 남자인 경우도 있었는데, 그 친구와 함께 있을 때면 아주 가부 장적으로 행동하고 마치 말을 할 때도 본인이 갑인 듯 말할 때가 있었다. 친구는 힘들어하면서도 사랑하는 마음에 그 인연을 이어가려 노력했지 만 결국은 헤어지고 말았다.

이런 비슷한 상황이 몇 번은 살면서 반복이 되더라. 나이가 차고 주변 친구들이 하나둘씩 인연을 만나 결혼식을 했다. 결혼식에서 마주칠 때 마다 친구의 표정이 어두워지고 있었다. 알고 보니 본인도 결혼해야 한 다는 생각이 계속 들면서 이러다가 나만 노처녀가 되면 어쩌나 하는 생 각도 했다고 한다. 다행히 친구는 만나는 사람이 있다고 했다. 아주 많 이 행복한 것은 아니지만, 그래도 자기는 결혼할 만한 사람이라고 생각 하는 듯 보였다.

아니나 다를까... 가끔 울면서 친구에게 전화가 왔다. 남편이 말을 너 무 함부로 한다고. 아이를 낳으면 좀 달라질까 했는데 아이를 낳고 나 서도 아이 앞에서 욕을 한다고 하더라. 화가 나면 타인에게 하듯 말하지 않고, 이상하게 내 친구에게는 거르지 않는 거친 말을 우수수 쏟아 내곤 한다는 것이다. 역시나... 나쁜 남자 스타일이다. 지금도 전화가 오면 대체로 힘들거나 슬픈 일이 겹겹이 있다. 무언가 일탈하고 싶어 하지도 않는다.

아마도 내가 생각하기에는 본인을 잘 몰라서 생긴 일이지 않을까 싶다. 스스로와 잘 맞는 타입의 사람이 있었을 거다. 그러나, 상대 타입이 자신과 많이 맞지 않더라도 변화의 기회는 삶에서 누구에게나 공평하게 있다고 믿고 결혼한 게 이런 삶을 살게 된 이유가 아닐까? 다행인 것은 아직 언어적 폭력은 있지만 신체적 물리적 폭력은 없다는 사실이다. 이런 사실에 안도하는 내가 싫어지네.

또 한 친구는 내 절친한 친구 'H'다. H는 본인 스스로를 생각보다 잘 아는 편이다. 내가 생각하는 본인과 스스로가 생각하는 모습이 상당 부분 일치한다. 또한 주변의 타인도 비슷하게 평가하는 부분이 많다. 그래서 그런가 H도 사람을 많이 가려서 만나는 편이다. 물론 살아가면서 마주치게 되는 사람들에게 일부러 혹은 미리 선을 긋지는 않는다. 그저 물 흐르듯 살아가지만, 그 와중에 자신과 맞지 않는 타입인데 선을 넘으려는 사람이 있다면 조용하지만 단호하게 잘라낸다. 그런 부분에서 H는 행복감이 다른 사람에 비해서 높아 보인다.

내가 생각보다 많이 의지하는 사람 중에 한 명이기도 하다. 감정의 동요가 아주 심한 편임에도, 최대한 객관적으로 마음의 파동을 다스리기 위해서 노력하며 살아간다. 외로움을 정말 많이 타는 타입임에도 사람을 통해서 그 외로움을 채우려 하지 않는다. 타인의 말에 귀를 잘 기울이지만, 그렇다고 온 마음과 정신을 다해서 공감하진 않더라. 그러다 보니 상대의 감정에 본인의 감정이 너울거리는 파도를 같이 탈 일은 없다. 그래서 더욱 침착해 보이고 안정돼 보여서 사람들이 많이 의지하고 싶어 할 만한 타입이다.

예전에는 H도 이 사람이 나랑 맞는지 안 맞는지를 확인하는 것을 배우는 과정이 있었다. 그 과정에서 울기도 했고, 마음 아픈 상황이 펼쳐지기도 했었다. 사람이란 게... 참 그렇다. 본인이 필요로 할 때는 이 세상에 존재의 이유처럼 굴기도 한다. 그러나 본인이 더 이상 필요할 것이 없을 때, 말투부터 많이 달라진다. 이게 일부 사람에 국한될까? 내가 그렇지 않을까? 생각해 보시라. 누구나 그렇다. 그 누구나에 나라는 사람도 포함이다.

잘 맞는지 아닌지를 따져 보기에 가장 편한 연습 상대는? 가족이다. 좋든 싫든 너무나 다른 타입의 사람들이 혈연관계로 맺어져서 꽤 오랜 시간 동안 함께한다. 함께하는 과정에서 많은 진통이 있다. 그러나 가족이기 때문에 서로 이해하고 싸우다가도 화해하는 과정이 계속 반복된다. 생각해 보면 나도 가족과는 정말 맞지 않는 부분이 많다. 그럼에도 불구하고 관계를 지속할 수 있는 이유는? 간단하다. 양보하고 배려하면서 끊임없이 노력한다는 점이다. 그 노력이라는 것은 누구나 공평하게 하는 건 아니라고 본다. 더욱 사랑하는 사람이 더욱 노력할 것이다.

중요한 것은 가족은 그렇게 노력하고 조절하면서 살아갈 가치가 있다는 것이다. 일반 타인들은 특히나 나와 관계성이 직은 사람들은 노력을 그렇게까지 해 볼 필요가 있을까? 그저 서로가 잘 맞는지 아닌지만 확인해 보고 서로의 선을 침범하지 않도록 노력하면 되지 않을까 싶다.

14

욱하는 사람들

이제는 참지 않는 시대가 왔다. 스스로의 가치를 스스로가 평가하면서 그 평가를 상대가 해 주지 않으면 화를 낸다. 누구에게나 대학의 문턱이 열렸던 세상에서 살았기에 다들 학력이 높은 편이다. 대부분 기초 수준 이상의 교육을 받았다. 옛날 옛적 그 시대 때처럼 문맹이 있는 것도 아니다. 원하면 유튜브로 많은 지식을 쌓을 수 있는 시대다. 말만 하면 법전의 법을 찾아볼 수 있는 인터넷이 발달되어 있다. 돈만 있으면(많은 돈도 아니다) 변호사와의 상담을 실시간 톡으로 가능한 시대다. 이렇게 편리하고 다재다능한 시대에 살다 보니 사람들은 생각도 편리하고 다방면이다. 참으면 진다는 생각이 드는 것일까? 이렇게 아닌 걸 아니라고 꼭 집어 내야만 사회가 올바르게 돌아간다는 생각이 드는 걸까?

일명 진상이라 부르는 사람이 정말 많다. 진상은 어디에나 존재한다. 하물며 가끔은 내가 진상일 때가 있다. 내가 원하는 대로 일이 진행되지 않을 때 대부분의 사람은 분노가 올라온다. 분노를 조절하는 방법을 배운 적은 없다. 화가 나면 한번은 참았다고 말한다. 본인은 화를 참았다고 하지만, 소리 지르고 욕하지 않았을 뿐이다. 언성이나 눈빛, 태도 등이 상대방도 역시나 분노를 느끼도록 유도했다. 본인만 객관적으로 모르는 것뿐이다. 상대방 역시 그런 고객을 보면서 화가 난다. 참아야만 한다는 생각에 참는 사람은 있을 수 있지만, 요즘은 대부분이 모욕적인 상황에서 굳이 참지 않는다. 서로 니가 잘못했네 내가 잘했네 하면서 싸움이 벌어진다. 오죽하면 뉴스에까지 기사가 나올 정도다.

가끔은 요즘 뉴스가 잘 발달하고 뉴스 프로그램이 중구난방 많아서 이런 기사들까지 담아야 하는 것일까? 하고 생각해 본 적도 있다. 생각보다 너무 주변에 흔하게 일어나는 일이어서 이제는 무섭기까지 한다. 이 세상 사람들이 꼭 '분노 바이러스'에 걸린 것처럼 화를 표현한다. 참으면 나만 바보라는 사상이 교육된 것처럼 '니가 먼저 화를 내', '참지 마. 참으면 바보야'라는 가르침을 아이들에게 가르친다. 요즘 부모들이 '내 새끼, 내 새끼' 하는 경향이 강해서 상대 아이에게 내 아이가 피해를 줬어도 사과조차 안 하는 상황도 있다.

"애들이 놀다 보면 그럴 수도 있지. 이런저런 상황 다 판별해 가면서 놀면 그게 어른이지 애겠어요? 당신 자식은 살면서 한 번도 이런 일 없을 거 같아?"

"애가 첫아이죠? 나도 애를 키워봐서 아는데 첫애를 키우거나 외동을 키우면 좀 과하게 보호하고 그렇기도 해요. 둘째를 낳으면 이제 좀 키워봤으니 유연하게 넘어가게 되더라고요."

이 말들은 실제로 내가 들었던 말들이다. 내 딸아이가 상대 아이에게 꾸준한 괴롭힘을 당했을 때, 해당 조부모님이 화를 내는 내 앞에서 하신 말씀이셨다. 나도 화가 엄청 많은 편이기 때문에 이때는 정신을 잃을 정도로 화를 내며 방방 뛰고 고함을 쳤던 기억이 난다. 화를 내야 하는 상황이 살면서 생긴다면 화를 내야 하는 것이 맞다. 그러나 그 표현은 상대를 모욕적이게 해서는 안 된다고 생각한다. 문제는 지금의 화를 표출하는 사람들은 상대를 아주 모욕적이게 한다는 것이다. 화를 무조건적으로 표출하는 게 아니라, 정말 큰일이 아니라면 천천히 말로 표현하는 것이 맞다고 생각한다. 말도 폭력일 수 있는데, 화를 내는 과정이 아니라고 하는 사람들의 첫 말투를 들어 보면 상대를 무시하거나 감정을 자극하는 말이 들어 있다. 어찌 보면 본인은 무식하지 않게 예의를 갖춰 말했으나, 돌아오는 응답이 무례해서 화를 표출했다라는 논리다. 그러나 뉴스를 통해서 혹은 SNS에 돌아다니는 것들을 보면 좀 심했다라는 답변이 많이 달리더라.

소통을 위한 도구로 만든 것이 말이라고 한다. 대화를 통해서 인간은 좀 더 쉽고 다양하게 상황을 표현할 수 있게 되었다. 그런데, 지금의 사람들은 대화의 도구로서만 말을 사용하는 건 아니다. 예술로 사용하기도 한다. 폭력의 도구로 사용하기도 한다. 사랑으로 사용하기도 한다. 사용법은 많은데, 사용하는 사람에 따라서 그 가치가 달라지는 건 아닐까?

주변에 욱하는 사람이 꽤 있다. 감정 표현이 솔직하다고 해야 할까? 순수하게 즐거울 땐 누구보다 극적으로 즐거워한다. 슬플 때는 닭똥 같은 눈물을 뚝뚝 흘리며 울어 준다. 좋게 말하면, 순수한 사람이라 표현할 수 있을까? 나쁘게 말하면 주변에 피해를 줄 때가 많은데 의도하지 않거나 몰라서 그러는 사람...? 특히나 내 주변에 'J'라는 남자 지인은 본인의 의사표현을 에둘러서 할 줄 모르는데, 악의는 없으나 항상 타인에게 피해를 준다. 예를 들어서 주차 자리가 많고 많은데 입구 자리를 본인이 편하게 타고 내리기 위해 차지해서 주차를 해 놓는다. 그럼 출입을 해야 할 때마다 'J'에게 전화해서 차를 빼 달라고 해야 한다. 어떨 때는, 먹을 것을 사가지고 오겠다고 해서 기다리고 있었는데, 입이 6명인데 먹거리는 3인분을 사왔다. 사람이 얼마나 있는지 알면서 조금만 사오는 사람. 거절할 때도 큰소리로 돌려가며 말하지 못하고 "싫어요. 시키지 마세요. 안 합니다." 등등 때와 장소, 사람의 고하에 상관없이 거절을 한다. 그러다 보니 많은 주변 사람이 인정해 주지 않고 깊이 만나려 들지 않는다.

많은 타입의 사람이 있다고 인정하고, 있는 그대로를 받아들이기 위해서 노력하긴 하지만, 너무 저돌적이고 거친 사람은 가까이 있기에는 심적 소모가 크긴 하다.

15

흑백논리에 갇힌 세상

정말 위험한 것 중 하나가 '모' 아니면 '도'다. 특히나 많이 배운 사람일수록 내가 옳다고 생각하는 것은 끝까지 옳다고 믿고 싶어 한다. 그만큼 연구를 했거나, 그에 타당한 경험이나 지식이 많은 사람일수록 편향 논리에 갇힐 가능성이 높다고 한다. 왜 이상한 종교를 믿는 사람들을 찾아보면, 공부를 꽤 많이 했거나 철학적이고 사고력이 높은 사람들이 꽤 있다고 하지 않는가? 아마도 본인이 맞는다고 믿는 그 순간부터는 어떠한 근거를 가져다 대도 신념을 꺾기가 어려운 것 같다.

그렇게 흑백논리에 빠졌을 때, 본인이 흑백논리가 있다는 사실을 깨닫는 순간을 맞게 된다면 오히려 더 나은 삶을 살아갈 수도 있다. 내가 그 사람 중 하나인 것 같은데, 나는 어렸을 적 삶이 생각보다 처절하고 힘들었던 기억이 많아서 스스로를 자아 속에 가두면서 자랐던 거 같다. '나를 보호해 줄 사람은 나밖에 없다'고 생각해서 '힘은 없지만 상황 자체를 피해야겠다' 하는 마음에 방어태세를 보였다. 그래서 나에게 조언해 주는 사람의 말을 들으면, 꼭 내가 잘못했고 고쳐야 한다고 공격하는 듯한 말로 들려서 아주 날카로운 가시처럼 반응했었다. 나중에 들은 말이지만 예전의 나는 고슴도치 같은 사람이라서 사촌들조차도 날 선 반응에 말 걸지 않고, 주변 사람도 건드려서 좋을 것 없다는 마음으로 나를 대한 적이 꽤 있다고 했다.

살다 보니까 남편의 영향도 있고, 나를 객관적으로 돌아볼 수 있게 해주는 지인과 상황이 많았다. 나에겐 나를 사랑해 주고 지켜 주는 수호신이 있는지 인생의 구렁텅이에 빠질 때쯤 항상 일이 잘 풀리는 것 같았다. 물론 지금도 그런 생각을 많이 한다.

남편은 그런 나를 많이 이해시키려 대화 시도를 많이 했었다.

> 나 – "이거 살 거야 안 살 거야? 나는 살지 말지를 빨리 결정했으면 좋겠어."
> 남편 – "음... 일단 구경해 보자. 이거 아니면 저거라는 식으로 꼭 일을 풀어갈 필요는 없잖아. 보다가 마음에 들면 사자 우리."

이런 유의 대화는 여러 상황에서 나왔다.

나 - "아니, 할 거면 하고 안 할 거면 말아야지. 이렇게 시간을 질질 끌기
　　만 하면 일이 생각대로 진행이 돼?"

남편 - "하던 안 하던 일단 천천히 살펴보고 나서 결정해도 늦지 않아.
　　　꼭 무언가를 해야만 하는 건 아니잖아. 마음을 편하게 먹고 천천
　　　히 추진해 보자."

이렇게 대화하는 시간이 우리는 근 8년이 걸렸다. 오랜 시간 함께하면
서 흑백논리에서 조금씩 벗어나올 수 있었다. 나는 내가 그렇게 강박적
으로 이거 아니면 저거라는 식의 논리를 갖고 살아왔다는 데 더욱 놀랍
다. 내가 변하는 모습은 주변인이 더욱 빠르게 영향을 받았다. 친구들은
변하는 내 모습이 더욱 보기 좋다고 했다. 뭔가 더욱 여유로워 보이고
얼굴에도 더더욱 차분한 미소가 어우러져 있다고 하더라.

　혹시나 누군가가 "말하는 것 좀 고쳐."라든가 "너는 사람을 너무 집요
하게 괴롭혀."라든가 하는 평을 본인에게 한다면 한 번쯤은 되돌아보기
를 추천해 본다.
　내가 정말 상대방에게 '모' 아니면 '도'라는 듯한 발언을 한 건 아닐
까? 그게 그 사람에게는 조언을 얻고자 한 말이 아니라 그냥 들어줄 사
람이 필요해서 말해 본 건 아닐까? 내가 한 조언이 상대방에게 마음의
상처를 준 건 아닐까? 상처를 주는 조언이라면 아무리 좋은 말이라 한들
조언해 주는 의미가 있을까?

16

언어폭력, 감정폭력

사전에 등록된 폭력의 정의를 보자.

[폭력이란 대개 상해나 파괴를 초래하는 심하고 결렬한 힘, 권력의 행사로 좁게는 남을 거칠고 사납게 제압할 때에 쓰는 주먹이나 발 또는 몽둥이 따위의 수단이나 힘을 말하는 단어다. 또는 온갖 무기로 억누르는 힘을 이르기도 한다.]

이렇게 정의되어 있다. 우리는 생각보다 많은 폭력에 노출되어 있었다. 그래서 어느 정도의 폭력에는 사실 덤덤한 편이라고 생각한다. 지금에 와서야 많은 전문가가 나와서 '언어도 폭력으로 사용될 수 있다.'라는 말을 해 주고 온갖 상황과 교육을 해 주는 것이지 우리가 어렸을 적에는 학교에서도 말썽을 저지르거나 공부를 너무 못하면 궁둥이를 맞기도 했다.

지금에 와서는 폭력의 형태도 다양하게 나누어 정의하고 있다. 가장 대표적인 것이 신체적인 폭력이 되겠다. 너무나 잘 알 수 있고, 그 증거로 흉기나 신체를 보면 바로 알 수 있지 않은가? 그런데 언어적인 폭력은 가끔은 내가 폭력을 당하는 게 맞나 싶을 정도로 좀 판단이 정확히 서지 않을 때가 간혹 있다. 특히나 갑과 을의 관계가 정확하게 나누어져 버린 상황에서는 천천히 길들여지듯 불합리하다고 생각하는 부분까지도 당연히 해야 하는 일이라고 여겨질 수도 있다.

물론 언어적인 폭력이라는 부분이 '어떻게 받아들여지는가'에 따라, 상대에 따라, 상황에 따라서 해석이 다를 여지가 있기는 하다. 요즘 상당히 학폭이 자주 열린다는 이야기를 들은 적이 있는데 그 이유 중 하나는 '말'이라는 매개체 때문이다. 선생님이 수업을 방해하며 타 아이를 괴롭히는 상황을 목격해서 꾸중을 하게 된다. 꾸중의 내용은 딱히 욕설이나 아이를 비하하는 말은 없다. 그러나 상대의 감정과 그렇게 해서는 안 된다는 가르침을 내렸을 때 듣는 아이가 그 선생님의 말로 하여금 모욕을 느꼈다는 이유로 학부모 가운데 일부가 반발하고 고소한다는 뉴스가 나왔다. 명목은 아이가 잘못한 것은 맞으나 언어폭력 또는 아동학대를 했다고 주장한다고 한다.

이렇듯 언어폭력에 대해서 해석이 다들 다르고 생각이 너무나 다르며 상황이 다양하기 때문에 문제의 요지가 될 부분이 많은 것 같다. 그러나 어찌 됐든 타인에게 피해를 주는 행위는 먼저 처벌받는 것이 옳지 않을까? 피해를 받은 아이들의 부모는 이 상황을 정확히 인지하고 있었을까? 내가 그 가해 학생에게 피해를 받는 피해자 학생의 부모라면 어떻게 대처했을까? 너무나 복합적이긴 하다. 내가 어느 위치에 있느냐에 따라서 내가 행동하고 말하는 방식이 다를 것이다. 누구나 같지 않을까? 때로는 내가 나도 모르는 사이에 내 말로 상처받는 사람이 있을 테고, 그렇게 무의식적으로 언어 폭력을 행사했을지도 모른다고 생각하니 타인을 비판하고 험담하기에 앞서서 나를 돌아보게 되더라.

감정 폭력이라는 말도 공감이 된다. 나는 흔하게 연인 사이나, 가족 사이에서 이런 것들을 흔하게 느끼지 않았을까 싶다. 사실 나도 어떨 때는 남편에게 내 감정을 고스란히 전달해 쏟아 버리기도 하고, 피곤하거나 짜증이 날 때에는 내 아이에게 그렇게 표현하는 상황도 있었다. 아마 누구나 있기는 할 것이다. 그런데 이 감정은 사실 순수하게 나의 것이고, 내 주변에 있었고 내 곁을 맴돈다는 이유 하나만으로 너무나 쉽게 감정을 쏟아 버리는 게 폭력이라고 생각해 본 적은 없을 것이다. 나는 가끔 폭력에 너무 무디게 사는 세상이 아닌가 싶기도 하다.

직설적인 화법을 가진 사람에게는 더더욱 이런 감정 폭력에 가해자

가 될 위험이 많다. 나는 상당히 직선적인 사람이다. 그래서 이런 부분을 깨닫기 전까지는 주변인에게 많은 감정 폭력을 행사하지 않았을까 싶다. '내가 생각했던 부분이 옳다'라고 믿기 시작하면 타인의 의견은 '틀리다'로 들렸다. 그래서 그게 틀렸다는 걸 온전히 이해시키기 위해서 끝까지 목소리를 높여가며 의견을 어필하려 들었다. 상대의 상황과 감정을 전혀 배려할 필요 없이, 옳다면 다 괜찮다고 생각했던 것 같다. 지금에 와서 생각해 보면 상대방은 그럴 때마다 어떤 감정이었을까 싶다. **감정폭력의 상황은 너무나 다양하고 너무나 사소하다.** 모두가 한 번씩은 그렇게 말한다. 내 부모에게 말하는 것도 그럴 것이고 다들 그만한 이유가 있다고 여길 것이다. 그러나 옳고 그름을 가리는 것보다 중요한 것은 내가 상대의 마음을 다치게 했을까 하는 배려이지 않을까 요즘은 생각한다.

내가 먼저 변하지 않으면 폭력은 사르르 눈 녹듯 사라지진 않을 것이다. 내가 낸 감정의 화가 사람들에게 전해지면서, 그 화가 눈덩이처럼 커질 수 있다. 커진 감정은 결국 누군가에게는 상황이 맞아질 때 쏟아져 터질 것이고, 그건 다시 사회의 악순환으로 이어질지도 모른다.

나는 계속 내 스타일을 변화시켜 보려고 노력 중이다. 조금이라도 더 멋진 어른으로 자라서 내 아이에게 내 아이가 살아갈 세상이 마음이 여유롭고 서로를 배려해 주는 사람이 많다는 걸 보여 주기 위해서. 노력하는 우리가 많아지면 조금 더 따뜻한 사회가 되지 않을까 하는 소소한 마음이다.

17

사람 구분 짓기

다른 이들도 아마 사람을 만나가면서 천천히 경계를 두긴 할 것이다. 나도 그렇다. 이 사람은 어떤 사람, 저 사람은 어떤 사람이라고까지 말하기는 뭐하다. 그러나 내가 함께했을 때, 긍정적인 에너지를 주는지 만나고 왔을 때 에너지가 다 빨려 나가서 걸레짝처럼 너덜너덜 늘어지는지 구분하기는 한다. 나쁜 사람, 착한 사람이라고 말할 수는 없을 것 같다. 물론 범죄를 저질렀거나, 나쁜 기행을 일삼는 사람은 당연히 멀리 두는 것이 인생에 도움이 될 것이다. 그러나 일반적인 사람들 사이에서는 서로 만났을 때 시너지가 되는지 아닌지를 구분하는 정도는 꽤 중요한 작업일 것이다.

구분하는 방법은 여러 가지로 각각 사람마다 다양할 텐데 나는 주로 배려심이 있는가 없는가가 잣대다. **배려심이 많고 이야기를 잘 들어주거나 수용성이 있는 사람과 함께하는 시간은 약간의 실수가 있다 하더라도 언제나 기억 속에는 즐거움이 태반 남는다.** 실수는 없지만 너무 자로 잰 듯한 사람이라거나, 수용성이 없어서 자신의 의견이 옳다고 계속 피력하는 사람과 대화를 하고 나면 언제나 기력이 모두 쇠진해져서 집에 오게 된다.

대부분 보면 모든 분야에 있어서 수용하지 않는 게 아니다. 사람마다 역린이 있다. 꼭 본인이 옳다고 생각하는 부분이 있게 마련인데 그 분야를 건드리면 기다렸다는 듯 상대의 상태를 파악하지 못하고 계속해서 자신의 이야기와 생각을 주장한다. 물론 나도 그런 부분이 꽤 있다. 이야기를 나누고 집에 왔을 때 나도 모르게 아차 싶을 때가 있는데, 그 부분은 주로 교육 혹은 아이의 육아 관련 이야기가 그런 거 같더라. 그래서 이런 부분을 좀 더 의식적으로 신경 써 가면서 대화를 나눌 때 조심하겠다 스스로 다짐하고는 한다. 상대가 잘 받아주는 사람이어서 내가 나의 단점을 보완할 기회를 얻고 생각할 수 있다는 게 감사할 따름이다. 이렇게 많은 사람이 본인과 다른 생각을 가진 사람들과 사회적으로 교류할 때 감정적인 에너지 소모가 많다.

그래서 서로를 위해서라도 나와 맞는 사람 찾는 과정을 거쳐야 한다. 처음부터 몇 번 만나보고 나서 그 상대방을 다 안다고 할 수는 없다. 만나보면서 많은 것을 교류해야만 이 사람이 처음 어색할 때의 모습과 편안해졌을 때의 모습을 알 수 있더라. 사람마다 스타일이 너무나 다양하기 때문에 나는 정말 말을 섞기 싫은 타입이 아니라면 몇 번씩은 만나보는 편이다... 물론 그럴 때면 집에 돌아와서 혼자만의 시간을 조금이라도 가진다. 그래야만 힐링으로 나를 충전할 수 있다. 나름 사람 만나는 건 활기차지만 기력이 쇠하는 일이다. 나이를 먹어가면서 더더욱 느낀다.

사람마다 사람을 가려서 만나는 것에 대한 생각이 다를 것이다. 그 다른 생각들로 인해서 분쟁이 발생할 여지도 분명 존재할 것이다. 편가르기냐, 분란을 조장하는 것이냐 할 수도 있지 않겠나? 어른들 사이의 일이라면 직장 내 편가르기가 될 수도 있을 테고 아이들의 상황이라면 왕따 문제가 될 수도 있다.

내가 말하고 싶은 부분은 그렇게 거창한 것이 아니다. 사람을 선동하고 조장해서 몇 명의 그룹을 만들어 여러 명이 만나는 것이 아니다. 지인을 만날 때 한 사람 두 사람 이렇게 소규모로 만나게 되었을 때, 누군가를 대놓고 편 가르지는 않는다. 그렇다고 해서 없는 마음 있는 마음 다 꺼내서 에너지를 쏟아부을 필요는 없다는 것이다. 굳이 직설적으로 당신은 나와 참 잘 맞네요, 우리는 참 안 맞네요 할 필요는 없다. 내가 만나고 싶은 생각이 드는 사람은 꾸준히 연락을 통해서 안부를 묻고, 비슷한 취미의 사람을 곁에 두게 된다면 간간이 취미 생활을 함께하는 정도가 좋을 듯하다.

혼자가 좋은 사람들은 특히나 인간관계의 선을 나만의 방식으로 명확하게 긋는 걸 좋아하는 편이다. 사람 관계에서 얻는 스트레스나 배신감이 커지면서 혼자가 편해지기 때문이다. 혼자라고 해서 항상 매일매일 영원히 혼자를 즐기는 것은 아니다. 주로 혼자인 시간을 즐기며 살아가지만, 때로는 사람 냄새를 맡으며 서로의 생활을 좀 더 활기차게 가꾸어 주기도 한다. 그럴 때 만나는 사람은 이왕이면 나와 잘 맞고, **만남을 가진 이후 다음의 만남이 셀레는 그런 사람으로 채우고 싶다.** 아주 분명하게 선을 가르는 것은 역시나 흑백논리여서 좋지는 않을 것 같다. 사람의 인생이 그렇게 생각대로 자로 잰 듯 흘러가는 것은 아니지 않나? 유연하게 살아가는 삶의 방식 중 하나라고 생각해 보면 사람을 조금씩 나만의 기준으로 분류해 두고, 만날 때와 장소에 맞게 유지한다면 서로가 좀 더 편안하고 즐거운 시간으로 기억할 수 있을 것이다.

4 장

혼자서 보내는 달콤한 삶

18

나는 원더우먼

기질은 태어날 때부터 그렇게 유전자적으로 만들어져서 우리가 바꾸기 참으로 어려운 것이라고 한다. 물론 죽기 살기로 노력하면 기질이 완전히 바뀌긴 하는 거 같더라. 나는 어렸을 적부터 완벽주의자에 가까웠다. 아주 FM적인 스타일이다. 시작을 했으면 끝을 봐야 잠이 왔다. 그래서 시험 주간이 다가올 때면 잠을 제대로 잔 적이 손에 꼽을 정도였다. 이왕 보기로 한 시험이면 꼭 아는 문제는 다 맞히겠다는 일념이었다.

'칼을 뽑았으면 무라도 잘라라.' 나는 이 말도 아주 옳다고 생각했다. 무언가를 시작하기로 해놓고 흐지부지되는 걸 아주 혐오할 정도로 싫어했다. 상대가 질리게 아주 집요할 정도로 잡고 늘어지는 게 일상 다반사였다. 엄마는 항상 내가 하는 일에는 딱히 참견하시거나 잔소리하지 않는 편이셨다. 그만큼 나는 '노력을 했으면 과정이 중요하지'가 아니라 '시작을 했으면 과정이야 어떻든 간에 결과물이 딱 나와야지' 스타일이 었다. 그래서 강사로 일할 때도 많은 제자들의 성적을 단 1점이라도 올려놨었고, 그만큼 내가 하는 일에 있어서 많은 노력을 기울였다.

이제 내 경력은 단절되었다. 출산으로 아이를 키우고 가사를 돌보는 데 주부 8단이다. 라면도 물을 못 맞춰서 맛없거나 아주 짠 라면을 끓였다. 그런 내가 지금은 레시피를 보지 않아도 간장 베이스니, 된장 베이스니, 고추장 베이스니 반찬거리와 국거리를 뚝딱 만들어 낸다. 피자 만드는 것쯤은 일도 아니다. 아침에 도시락 싸는 것도 20분 안에 끝낸다. 사람은 이렇게 자신이 처한 상황에 적응하는 동물이라는 사실을 매일같이 확인한다.

이제는 일터가 집이다. 빨래를 하고, 식물을 가꾸고 먼지를 환기시킨다. 물고기 먹이와 강아지 먹이를 주고 아이 아침상을 차린다. 남편 도시락을 싸서 아침 활동을 마무리하면 본격적으로 내 일이 시작된다. 아주 가끔은 지인과 만나서 브런치를 즐기긴 하지만 주로 하는 일은 발주서 정리다. 스마트 스토어에 들어온 발주가 있는지 확인하고 각종 주문 전화를 받는다. 그 와중에 블로그를 하면서 바이럴 마케팅비를 아끼며 스스로 내 사업체를 홍보한다. 이 덕에 나는 마케팅 비용 300만 원 정도를 세이브 중이며, 또 보너스로 체험단을 통해서 많은 체험을 하고 체험

후기 올리는 일도 간간이 하고 있다. 이후엔 책을 읽거나 책 쓰는 일을 한다. 점심을 먹고는 다시 노트북으로 무언가 소소한 일을 계속해 나간다. 아이의 정보를 찾는 일도 게을리할 수가 없다. 나는 어느 곳에 어떤 종류의 학원이 있는지, 아이가 좋아하는 게 뭐였는지, 현재 보충해야 하는 활동이 뭐가 있는지, 홈 스쿨링을 하는데 새로 나온 교재정보가 있는 시 등등을 따진다. 아직까지는 과목 교육을 내가 할 수 있는 수준이 아니어서 딱히 아이가 원하지 않으면 학원을 보내지 않는다. 예체능 쪽은 내가 가르칠 수가 없어서 몇몇 학원을 보내고 있다.

이렇게 하루를 달리고 나면 아이가 하원해서 올 시간이다. 부랴부랴 간식을 준비하고 방을 청소한다. 아이가 오면 간식을 주고 오늘 하루 동안 어떤 일이 있었는지 대화를 시도하며 말을 들어준다. 주말에는 아빠와 뭘 하며 놀지도 주로 이 시간에 정해지기는 한다. 그리고 나서는 책을 읽어 준다. 시간이 되는 대로 많으면 많게, 적으면 적게 읽어 주면서 꾸준히 독서의 기쁨을 전해주기 위해서 노력한다. 그리고 나면 아이와 홈 스쿨링 할 시간이다. 매일 교재를 정해 놓고 요일별로 학습한다. 아이의 질문을 받아주고 채점해 주면 내 일은 끝이지만, 아이가 공부할 때 나는 다른 일에 집중하지 않으려 한다. 아이 옆에서 나도 일을 하든가 책을 읽으며 함께 시간을 보내주는 편이다.

공부를 하고 나면 저녁상 차릴 시간이다. 나는 발주를 마무리하면서 남편에게 저녁을 먹고 몇 시쯤 퇴근할지 물어보며 우리의 저녁상을 차린다. 저녁을 먹고 씻고 나오면 함께 운동할 시간이다. 모녀가 정답게 운동을 하고 자유의 시간을 드디어 갖는다. 나는 주로 게임을 하거나 소셜을 보면서 여유를 즐기고 아이는 TV를 보거나 장난감을 가지고 스트레스를 해소하는 편이다. 우리는 그렇게 매일매일 비슷한 루틴으로 살아가고 있다.

나는 당연하게 생각하면서 이 삶을 살고 있고 언제나 그 안에서 나의 존재 가치를 확인한다. 내가 하는 일이 많다 보니, 아무래도 남편도 나에게 가정사에는 터치가 없으며 의지를 많이 하고 존중해 준다. 나도 마찬가지로 남편의 회사 생활 이야기를 들어주면서 공감해 주려 노력하고 건강 관련 일이 아니라면 딱히 무얼 하든 간섭하지 않고 존중해 주려고 한다.

주변 사람들은 이런 나를 보면서 몇 개의 역할을 수행하냐고 놀라서 반문하더라. 그때까지도 나는 잘 인지하지 못하고 있었다. 정신 차리고 세어보니 정말 여러 일을 하고 있더라.

- 엄마
- 와이프
- 며느리

- 장녀
- 온라인 회사 운영
- 집안일
- 육아
- 교육
- 블로거
- 작가
- 각종 취미 생활

정말 많은 역할을 매일같이 수행하고 있지 않나? 나도 나열해 보면서 깜짝 놀랐다. 예전에는 일. 집 이렇게 두 가지만 병행하면 됐는데 이제는 돌봐야 하는 사람이 생겼고 부모님이 세 분이나 계신다. 그런데 숨이 막히거나 지겹거나 너무너무 힘들다는 생각이 들지 않는 이유는 몇 가지가 있었다. 내가 대단해서가 아니다.

- 착하고 인내심 많은 남편
- 상대를 먼저 배려하시는 양가 어르신
- 힘들 때 기댈 수 있는 동생과 친구
- 똑 부러지게 스스로 제 일을 하는 외동딸

이렇게 여러 톱니바퀴가 딱 맞게 맞물려 돌아가야만 내가 하는 완벽한 일들이 다재다능하게 소화가 된다. 무언가 하나라도 나사가 빠져버리면 삐그덕 하는 순간이 올 것이다. 그렇게 되면 다시 내가 하던 일의 몇 가지는 멈추고 해당 부위를 찾아서 원상 복귀 할 수 있도록 더욱 노력해야겠지?

원더우먼? 세상을 살아가는 모든 부모와 모든 자식이 다 슈퍼맨, 슈퍼우먼이 아닐까? 매일 같은 시간을 살지만 매일 다른 노력을 하면서 하루하루를 살아내는 것 자체가 그레이트 슈퍼 매직이 아닐까 싶다.

19

취미를 찾으면 더 즐겁지

너무 피곤하지만 힐링할 수 있는 무엇인가가 있다면 어떨까? 그냥 귀찮아서 잘까? 아니면 조금이라도 더 하다가 잘까? 즐거운 일이라면 잠을 미루더라도 신이 나서 그걸 할 것이다. 슬픈 일은 취미가 없는 사람이 있다는 거다. 자신이 좋아하는 취미가 뭔지 몰라서, 혹은 치열하게 살아왔기에 취미 같은 걸 생각해 볼 여유조차 없었을 수도 있다.

인간은 무언가를 알고 배워야 그다음 단계를 진행해 볼 수 있는 존재다. 하나를 알면 열을 아는 사람도 있지 않은가? 그런데 반대로 말해 보면 하나를 알아야 열을 할 수 있다는 말이다. 그래서 취미를 가짐으로 인해서 볼 수 있는 여러 가지 장점을 배우지 못했다면 필요 없는 일이라고, 아니면 뭘 좋아하는지 모른다고 말할 수 있다. 이제부터라도 나의 남은 인생의 행복을 위해서 나에게 잘 맞는 취미 생활을 하나라도 찾아보는 건 어떨까?

내 친구는 운동 마니아다. 그래서 에너지가 탈탈 털리도록 야근까지 한 날이라면 더더욱 운동을 간다. 사실 나는 운동은 취미가 아니어서 이해할 수 없지만, 친구는 이런 힘든 날일수록 가서 아무 생각 없이 땀을 흘리고 무게를 쳐야 집에 와서 시원한 맥주 그리고 산뜻한 샤워를 통해 쾌감과 보람을 얻는다고 했다. 하루는 친구가 몸이 아주 많이 아픈 날이었다.

"오늘은 그냥 집에서 쉬어. 이렇게 몸이 안 좋은데 일까지 하고. 그러다 큰일난다? 헬스장 가지 마 며칠만."
"안 돼. 땀을 하루라도 흘리질 않으면 오히려 몸이 더 아파. 나는 노예 병이 있어서 몸을 쓰던 사람이 안 쓰면 배신한 줄 안다? 넌 이런 기분 모르지?"

결국 친구는 그렇게 아픈 몸으로도 강도를 조절해서 한다며 운동하러 갔다. 신기한 점은 정말 헬스를 잘 하고 꿀잠을 잤다는데 그다음 날 몸이 한결 나아졌다는 사실이다. 사람마다 정말 취미생활이 다른데 너는 운동이구나 싶더라.

엄마는 한창 내가 시집갔을 무렵 갑자기 떠나는 큰딸의 자리에 많이 서운하고 힘들었다고 하셨다. 그것도 내가 결혼하고 아이를 낳고 나서야 천천히 그때 당시에 말 못 했던 마음을 털어놓으셨다. 말하지 않으면 모를 이야기들이 엄마의 입에서 술술 흘러나왔을 때, 나는 엄마가 가지게 된 취미 생활에 정말 감사했다. 엄마는 맞벌이를 하면서 자식 2명을 키우느라 많이 고되고 힘든 생활을 하셨던 케이스다. 그래서 우리는 가족애가 살면 살수록 애틋하다. 그런 가족 한 명이 호적에서 떨어져 나가니 당연히 엄마의 헛헛함을 상상할 수가 없다. 그런 헛헛함을 이기기 위해서 엄마는 밖으로 사람 만나는 일을 찾으셨다. 그중 하나가 등산이다. 엄마도 외향적인 분이셔서 새벽부터 산을 타면서 땀을 흘리고 오는 길에 버스에서 대화할 동행도 찾으시는 일이 잘 맞는다고 했다. 플러스로 따라오는 즐거움이 있었다. 그동안은 자식들 키우느라 본인 옷을 원하는 대로 사 입거나, 취미 생활로 지출하는 걸 하지 못했다. 그러나 이제는 등산복도 원하는 걸로 쇼핑하는 맛이 생겼다. 지금은 골프복으로까지 진출하긴 했지만, 등산화와 등산가방, 각종 등산용품이 엄마의 행복한 취미 생활을 더욱 즐겁게 만들어 주는 것이었다. 그렇게 하나씩 하나씩 취미 생활을 통해서 일취월장하는 등산 실력으로 각종 동호회에서도 칭찬이 자자했고, 엄마의 건강도 점차 좋아졌다.

엄마가 행복해지는 모습을 보면서 그렇게 우리 엄마의 10년이 흘러 지금은 60이 다 되셨다. 확실히 사람은 무언가를 성취해야만 얼굴이 빛이 난다. 꼭 대단할 필요는 없더라. 소소하지만 내가 좋아하는 것. 내 주변에 널린 것. 쉽게 접근할 수 있는 것. 누군가와 함께할 수 있는 것이 좋다면 테니스, 러닝, 볼링, 탁구, 배드민턴 등등 쉽게 접할 수 있는 것이 많더라.

개인적으로 나는 취미 생활을 누군가와 함께하고 싶긴 하다만, 조곤조곤 사부작거리는 것으로 하고 싶었다. 아직까지 누군가와 함께하는 사람을 찾지는 못했지만, 혼자서 뜨개질을 취미로 하고 있다. 다음 달부터는 미싱도 배우기로 했다. 혼자서 하는 취미로도 손색이 없다. 만들면서 집중하는 시간도 깔끔하고 소중하다. 만들고 나서는 결과물이 바로 눈에 보인다. 주변 사람에게 선물하면서 내 마음의 소소한 행복을 채우는 것도 행복하다.

또 스트레스를 몹시 받았을 때는 '명화 그리기'도 자주 애용하는 편이다. 일명 '피포 페인팅'이라고도 검색어를 치면 볼 수 있는데, 말 그대로 물감으로 색칠하기다. 엄청 단순한 작업인데, 나름 화려하고 다양한 색감을 보면서 아무 생각 없이 색칠하다 보면 단순한 흐름이 나를 행복하게 만드는 걸 알 수 있다. 내가 원하면 색을 막 섞어서 맘대로 색칠해도 되고, 캔버스에 번호가 쓰여진 대로 맞는 색을 칠해도 좋다. 그저 내가 원하는 그림으로 그려 나간다는 것이 내 뜻대로 되는 것이 마음에 썩 든다. 내 마음처럼 일이 잘 풀리지 않을 때, 이렇게 사소한 것이라도 뜻대로 되어갈 때의 쾌감이랄까?

몸으로 하는 취미 생활을 하나 더 갖긴 해야 한다고 오래전부터 생각 중이다. 나이가 들면서 점점 체력이 바닥나는 걸 느낀다. 어깨도 뒤로 잘 안 돌아가는 편이여서 요가하다 쥐가 나기도 한다. 거뜬하게 올라가 던 계단도 3층부터는 숨이 헥헥 차올라서 7층까지가 마지노선이다. 갖 은 감기에 걸려도 금방 나았던 것이 이제는 죽겠다 싶을 때 지나간다. 그래서 자기 관리를 하는 연령층이 젊은 사람보다 나이 드신 분이 많구 나 싶다.

20

감정의 휴지통은 니가 해

가장 힘겨웠던 순간은 나에게는 10대까지였다. 자기 관리를 못 하고 가족을 등한시했던 아버지와 치열하게 삶의 전투를 벌이며 가사를 책임 지던 엄마. 나는 맏이로 태어나서 동생을 챙기며 나름의 삶의 전투를 벌 이던 순간이었다. 모두가 힘든 상황이기 때문에 다들 예민하고 날카로 웠다. 같은 말을 하더라도 신경질적인 부분이 많았고, 날카로운 순간이 각자에게는 상처가 되었다. 나름의 방어기재가 필요했고, 서로가 칼날 같은 말들을 꽂아낼 때가 많았다.

내가 엄마가 되어서 보니 남편과 둘이서 아이 한 명을 키우는 것도 나 름 보통일이 아니어서 죽겠다고 힘들다고 징징거린 날이 하루이틀이 아 니다. 그런데, 거의 없다시피 한 남편을 두고 아이 2명을 잘 키워낸 엄마가 참 대단하더라. 그러나 엄마도 어린 나이에 아이들을 홀로 정 붙일 곳 없이 키워 내시면서 감정 조절에는 실패했다. 자신이 너무 힘들면 자식들에게 짜증을 내고 강하고 명령적인 어투로 자주 말하곤 했다. 나는 엄마의 이런 칭얼거림이 어떨 때는 듣기 싫어서 도망가고 싶었고, 어떨 때는 같은 여자로서 마음이 아파 동정심이 들기도 했었다.

이제는 내가 대물림하듯 그 감정의 쓰레기들을 쏟아 내는 일을 그만 둔 지 꽤 오래되었다. 특히나 자식을 낳으면서는 아예 끊어버리려고 노력을 정말 많이 했다. 내가 그렇게 말하는지도 몰랐다. 내 화법 자체에도 문제가 있음을 나는 정말 도무지 알 수가 없었다. 그러나 남편이 나의 화법을 그대로 들려주고, 내가 보지 못했던 주위의 다양한 결과를 보여 주면서

'나도 모르는 사이에 내가 그렇게 싫어하던 감정의 소용돌이를 남한테 그대로 전달하고 있었구나!!'

라는 걸 느꼈다. 지금은 사업을 하면서 많은 컴플레인 전화를 통해 더욱더 단련되었다. 물론 그들도 나처럼 자신들만의 첫 상황이 있었을 것이다. 그들을 그렇게 만들었다고 믿어지는 발화점이 있을 것이다. 그러나 그건 정말 자기만의 핑계다. 자신이 그렇게 행하는 일들은 누군가가 그렇게 만든 게 아니다. 결국 자신이 선택해서 자기의지로 행하는 것들

이다. 남에게 해를 주는 감정을 말로써 전달하는 사람들. 아무리 말해도 본인은 잘못이 없고 타인에게 그 몫을 돌리는 사람들. 나는 그런 사람들이 참 밉다.

감정이라는 것은 솔직한 것이 좋긴 하다. 그러나 내가 슬프거나 분노했을 때는 본인의 감정은 스스로 처리해야 옳다. 나의 감정은 나의 것. 너의 감정은 너의 것. 공감을 잘하는 것은 장점이다. 사람의 마음을 만져 주고 내 일처럼 슬퍼해 주는 것이다. 그러나 부정적인 감정을 퍼뜨리는 사람을 만났을 때는 이런 감정 공유를 잘하는 사람들은 더더욱 힘들고 아프다. 그중 한 사람은 우리 엄마와 내 동생이다. 특이하게도 둘은 비슷한 성향을 갖고 비슷한 말을 한다.

"왜 내 마음을 다 주고 그 사람을 대했는데 이렇게 뒤통수를 칠 수가 있지?"
"사람이 싫어질 때가 있어. 서로 믿으면 편한데 왜 그렇게 말하지?"
"나는 순수한 사람이 좋다. 욱해도 뒤끝은 없잖아?"

주변에는 좋은 사람도 있지만 이용해 먹으려는 사람이 많았는데, 감정을 잘 공유해 주다가 간혹 뒤통수를 맞을 때가 있다는 것이다. 그럴 때마다 싸움이 나면 서로의 감정을 주체를 못 하고 결국 감정폭력과 언어폭력 교환 후 종료가 된다. 종종 벌어지는 일이다. 사람이 사는 세상에는 별의별 일이 많지 않은가? 특히나 사회적이고 외향적인 사람이면서 감수성이 풍부한 우리 가족에게는 종종 비슷한 일이 벌어지곤 한다. 그때마다 그 사람 말에 상처 입었다는 말을 하는데 나는 항상 같은 조언을 하는 편이다.

"그 사람의 감정은 그 사람 거예요. 그를 위한 감정의 쓰레기통이 되어주지 마세요."
"누구나 겪을 수 있는 일인데, 얼마나 감정적으로 그걸 느끼냐의 차이야. 너의 감정은 니 거. 그 사람의 감정은 그 사람 거. 교환하려 들지 마. 그냥 아~ 너는 그렇니? 그래? 나는 뭐 별생각 없어. 잘 처리해 봐~ 하라고"

말은 쉽다. 맞다. 남의 일일수록 말이 더 쉽다. 그러나 노력하면 할수록 더욱 단단해지고 더욱 강해지더라. 나도 했으니 당신도 할 수 있다.

21

카페의 여유

한낮의 태양이 강렬하게 내리쬐는 이런 날에도 커피를 마시러 오는 사람이 정말 많다. 집에서도 분명 커피 향을 맡으며 커피를 내려 여유를 즐길 수 있다. 그런데도 사람들이 구태여 커피를 마시러 나오는 데는 나름의 이유가 있더라.

나도 그 이유가 있는 사람 중 한 사람이 되었다. 예전에는 딱히 사람을 만나서 이야기를 나누는 정도의 이유 없이는 혼자서 카페를 찾지 않았다. 이제는 혼자서 글도 쓰고 무언가를 배우기도 한다. 집에서도 시간을 가지며 책을 쓰기도 하지만, 카페에 가서 글을 쓸 때 더더욱 마음이 따뜻해짐을 느낀다. 나 이외에도 많은 사람이 혼자서 자리를 잡고 한두 시간씩 일을 한다. 그들 속에서 나는 나름의 동질감을 느낀다.

사람은 누구나 소속감을 느끼고 싶어 하는 것이 심리라고 들었다. 그만큼 누군가 어딘가에 소속되어서 하나의 목적을 가지고 살아간다는 걸 느끼고 싶어 하는 것일지 모른다. 그렇게 다들 커피 한잔의 여유와 함께 내가 살아 숨 쉬고 있다는 걸 느끼고 간다. 잔잔히 흘러나오는 음악 소리. 가끔씩 떠드는 소음. 눈빛을 빛내며 무언가를 쓰거나 보고 있는 사람들. 통창 너머로 보이는 갈 길이 먼 차량들. 바쁘세 길어 다니며 볼일 보는 사람들. 이 모든 것이 하나의 음악으로 어우러지는 듯한 묘한 느낌을 받기도 한다. 그래서 그런가 자주는 아니더라도 종종 혼자서 노트북을 들고 카페를 찾아가리라 다짐했었다.

아마도 쳇바퀴 돌 듯 일하면서 치이는 삶에 익숙했던 예전에는 이런 커피 한잔의 시간조차도 사치라고 생각했던 듯하다. 나는 혼자서 커피 마실 시간이 없을 정도로 일에 열중해서 살아갔으니까. 그러나 지금은 아이를 등원시켜 놓고 나서는 나만의 시간을 두 시간 정도 갖고 있다. 집안일이나 사업 일은 그 이후에 해도 늦지 않게 됐다. 이렇게 된 데에는 나의 가족이 본인 일을 충실히 마무리하기 때문이기도 하다. 서로가 각자의 일을 열심히 하니까, 나도 계속해서 뒤처리하거나 마무리를 도와야 할 일이 적어졌다.

내가 여유를 갖게 되면서 가장 좋아하는 건 내 가족이긴 하다. 카페를 간다고 하면 어서 갔다 오라고 하기도 한다. 그만큼 내 표정도 밝아졌고 그만큼 내 삶도 윤택해졌기 때문이 아닐까?

22

사람은 누구나 혼자입니다

너무 외로움을 많이 타는 사람이 있다. 사람마다 워낙 다르기 때문에 혼자서 힐링 하는 사람도 있고, 누군가와 함께 있어야만 에너지를 받는 사람이 있다. 그러나 중요한 사실은 잊어서는 안 된다. **사람은 누구나 혼자라는 것.** 거리를 지나가 보면 계속해서 쉼 없이 보고 부딪치는 게 사람이다. 눈빛을 교환하거나 인사를 하며 웃어 주지는 않지만 그럼에도 안정이 든다. 안심이 된다. 그냥 나 홀로 이 세상을 살아가고 있지 않다는 사실에 불안함이 사라지는 듯하다. 특히나 내가 힘들거나 지칠 때면 나와 같은 상황에 있는 사람이 있다는 사실 하나만으로도 위안이 될 때가 있다. 아니면 나보다 더욱 힘든 상황에 처해 있는 사람도 있다는 사실에 안도할 때도 있다. 결국은 내 곁에 누군가가 있어야 하는 일이다.

그런데 이런 것들에 너무 익숙해져서 살아가다 보면 갑자기 내가 사람이 필요한데 연락할 사람이 없을 때 갑작스러운 자괴감이 올 수도 있다.

'내가 인생을 헛되이 살았나?'
'밥 한 끼 먹으려고 연락처를 뒤져도 같이 먹자고 할 만한 사람이 없네?'
'오늘은 누군가랑 같이 있고 싶은데 연락해도 다들 거절만 하네?'

이런 상황은 여타 나뿐이 아니라 누구나 살아가면서 겪는 흔한 일이다. 그 흔한 일이 내가 감정적으로 연약해져 있을 때는 생각보다 물결의 파동이 크게 오는 법이다. 갑자기 인생이 슬프고 갑자기 왜 살아야 하는지 이유를 모를 정도로 쭈욱 가라앉을 수도 있다. 그럴 때마다 순간 '뿅' 하고 나타나서 나를 위로해 주는 사람이 있다면 참 다행이긴 하다. 만약 주변에 그런 존재가 있다면 평상시에 참 잘해 주는 게 좋을 것이다. 대부분은 각자의 일이 있고 상황이 다르기 때문에 소중한 사람이라고 해서 무조건 다 만남을 가질 수 있지는 않다.

결국은 사람은 혼자라는 사실을 기억해야 한다. 나만 그런 것이 아니다. 누구나 그렇다. 태어나서 살아가는 사람들은 그냥 언제나 혼자 태어나서 혼자 죽는다는 사실을 잊으면 슬퍼진다. 내가 외로움을 느낄 때, 내 외로움을 사람에게서 찾기 시작하면 상대가 나와 함께 있어 주지 않을

때 괴롭고 외로움을 느낀다. 어떤 때는 배신감마저 들 때가 있다. 또한 반대로 생각해 보면 그런 사람을 곁에 두고 있는 사람은 때때로 곤란하기도 하고 난처하기도 하다. 지속되다 보면 연락하고 있는 게 불편할 때가 많고 귀찮아지기도 할 것이다.

나는 예전에는 내 허기짐을 달래기 위해서 나를 달래 줄 상대를 찾아다녔다. 그게 때로는 남자 친구일 때도 있었고, 동생이거나 동료, 친구일 때도 있었다. 그러나 시간이 흐르고 점차 어른이 되어 갈수록 다들 자신의 일이 있었고, 시간을 낼 수 있는 사람이 있는 반면 시간이 빠듯한 사람도 생겼다. 그 사람들에게 그럼 전화라도 걸어서 이야기를 하려고 하면 많이 지쳐 있거나 생기 없이 대응해 주는 것 같은 느낌도 받았었다. **그때는 주변에 사람이 많이 있음에도 불구하고 나는 외로움이 잦았고 깊었다.**

지금은 어떻게 보면 아이를 키우면서 외롭고 싶다 하는 생각이 들 때도 있다. 한시도 나를 가만히 두지 않는 아기와 집안일 사이에서 하루하루가 힘에 부쳤던 것이다. 이제는 아이가 커서 내 손을 많이 탈 일이 없다. 그러다 보니 점차 외로워질 수 있는 시간이 많아지는 것이다. 즉, 혼자인 시간이 정말 긴 편이다. 그런데 생각보다 괜찮다. 지금도 너무나 편안하고 행복하다. 오히려 사람은 누구나가 혼자라는 생각을 하면서부터는 혼자서 해야 하는 일들을 찾아 나서게 되었다.

혼자서 할 수 있는 일은 생각해 보면 볼수록 정말 무궁무진하다. 사람이 혼자여서 다행이라는 생각을 할 때도 있다. 항상 누군가와 함께해야 한다면 정말 온몸의 즙이 다 빨려 나갈 거 같다는 생각이 든다. 그만큼 내가 인생을 살아가면서 살아갈 수 있는 방법을 찾아가는 듯한 느낌도 든다.

혹시 주변에서 외로움을 달래려 노력하고 있지 않은가? 그렇다면 사람은 예외 없이 누구나 혼자라는 사실을 기억해 보자. 나의 외로움이 곧 즐거움으로 바뀔 날이 머지않았다.

23

운동도 필요는 하더군요

혼자임을 열심히 즐기는 동안 나의 체력은 급속도로 저하되고 있었다. 어느 순간부터는 허리가 아파오고, 그다음엔 어깨, 목, 고관절 등... 계속해서 어딘가가 순서를 정하기라도 하듯이 통증이 느껴졌었다. 사람들은 어서 빨리 병원을 가보라고 조언해 줬다. 그래서 병원을 찾아 의사 선생님께 진찰을 받았는데

"이거는 근육이 너무 없고 무너져서 여기저기 아픈 거예요. 물리치료 받아 봐야 근본적인 해결책이 아닙니다. 기립근 쪽, 코어 쪽을 먼저 운동해서 탄탄하게 세우셔야 안 아플 겁니다."

라고 말해 주셨다. 결국 모든 것은 내가 운동을 극도로 싫어해서였다.

몸이 아프고 나니 아무것도 하기 싫었다. 점차 누워 있는 시간이 길어졌고, 크게 피곤하거나 힘든 스케줄도 없는데 더더욱 피로해지고 기력이 쇠해졌다. 그때, 슬슬 나이도 생각나고 내 몸에 대해서 걱정이 되기 시작했다. 결국은 내 인생에서 가장 싫어하지만 가장 필요한 운동을 시작하기로 했다.

처음엔 헬스장을 다녀 보려고 시도했었다. 아무래도 운동을 싫어하는 나는 러닝머신 이외에는 정말 다 하기 싫더라. 가장 싫은 점은 무엇보다도 흥미가 없다 보니 재미가 없었다. 주변에 지인들이 재미가 없어서 하기 싫다고 말했더니,

"어머, 내가 같이 해 줄까? 나도 어짜피 운동해야 하는데 같이 하자."

라고 말해 주었다. 고마웠지만 이상하게 또 불편하더라. 계속 연락을 맞춰서 운동을 같이 가야 하고 무언가 이렇게 저렇게 해야 한다는 잔소리를 곁에서 들어야 할 거 같은 느낌? 그래서 감사하다고 말하고 정중히 거절했다. 그다음 시작해 본 건 홈트레이닝이다. 요즘은 다들 집에서 매트를 깔고 운동을 한다고 하길래, 나도 유튜브를 찾아서 집에서 시도했었다. 일반 쉬운 유산소 운동부터, 다이어트 댄스, 줌바댄스, 이것저것 찾아보면서 나에게 맞는 걸 찾으려고 노력해 봤다. 결국 그것도 재미가 없었다. 마지막으로 찾은 것은 기구 필라테스였다. 처음 해 보는 것이긴

한데 뭔가 용수철 달린 기구를 밀고 당겨가면서 운동을 하는 것이다. 기구도 워낙 이쁘고 분위기마저 여성들의 마음을 사로잡게 해 놓았더라. 나는 선생님의 리드하에 주 2회씩만 나가기로 하고 기구필라테스를 시작했다.

확실히 효과는 좋았다. 나는 생각보다 기구를 가지고 하는 운동에 흥미를 많이 느꼈고, 흥미가 붙었다. 근육도 예상외로 많이 붙었다. 잘하는 편은 아니었지만, 예전에 비해서는 곧잘 선생님의 자세를 따라 할 수 있었다.

꾸준히 1년쯤 됐을 때, 문득 딸아이가 나에게 이렇게 말해 주었다.

"엄마, 엄마 운동하니까 이뻐졌어요. 더 많이 웃어 주고 덜 졸려 해서 운동이 좋은 거 같아요."

나도 모르는 사이 나의 체력이 올라간 것이다. 같은 난이도의 삶을 살아도 지탱하는 지구력이 다르다. 아이가 놀아달라고 했을 때, 더 지속적으로 놀아줄 수도 있고, 하루가 끝나기 전 녹초가 되어서 엄마를 건들지 말아 달라고 하는 말 대신 엄마 스트레칭 한 번 더 하고 잘게 하는 엄마가 돼 있었다.

남편도 눈으로 보이는 신체적 건강함에 칭찬을 아끼지 않았다. 본인도 운동을 시작해야 할 거 같다고 말하면서 내심 운동하는 내 모습을 좋아해 주는 듯 보였다. 열심히 해야 하긴 하는데 나에게 맞는 운동이 몇 개 없기는 하다. 그래도 운동했을 때 따라오는 시너지 효과를 몸소 체험해 봤으니 나이를 먹어가면서 더더욱 신경 써서 건강 관리를 해야 하지 않을까 싶다.

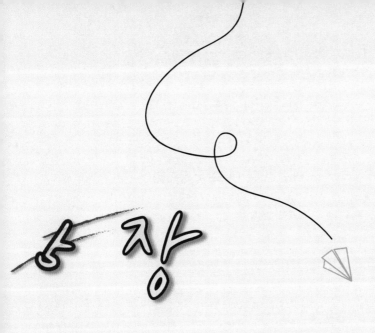

5장

가족이 있어서 가득한 여유

24

나는 어릴 때 모난 정이었다

삶이 힘들면 그 사람 얼굴에 드러난다고 한다. 나의 어릴 적 사진들을 보면 상쾌하고 환하게 웃는 얼굴이 없다. 친구가 많았지만, 친구들과 하교 후에 즐겁게 놀면서 다녀 본 기억이 별로 남아 있지 않다. 나의 학창 시절에는 불행했던 기억이 더욱 많다. 행복했던 기억이 많은 사람보다 힘들었던 기억이 많은 사람이 많을 수도 있다.

어렸을 적 내 주변은 외삼촌 댁을 제외하고는 다들 입에 풀칠하기도 바쁜 편이었다. IMF를 온몸으로 겪은 세대가 베이비부머 세대다. 우리 부모님이 그 세대이고. 우리는 그래도 IMF 전에는 상가 '호'가 2, 3개 있고 집도 있으며 차도 몇 대 있던 집이었다. 가정적인 남편은 아니었지만 그래도 돈을 아주 못 벌지는 않았다고 한다. 그러나 내가 초등학생 저

학년일 때 급격하게 가사가 기운 이유는 친한 친구의 사기와 보증이라고 했다. 우리는 그렇게 갑자기 가진 모든 것에 딱지가 붙었고, 엄마의 말 그대로 '보따리만 챙겨서 거리에 나앉은' 사람들이 됐다. 우리가 힘들 때 우리 곁에 있던 사람들은 하나둘씩 멀어져 갔다. 도움을 요청해도 도와주는 사람은 없었다고 한다. 나는 그때를 상상하면 참 서글프다. 내가 지금 그런 상황에 처한 아이를 본다면 나는 겨울 옷가지라도, 싸구려 보세 운동화라도 사서 신겨 줄 것 같다. 그러나 나는 그 당시, 학교에서마저 차별당했었다. 그 당시에는 그 이유를 몰랐으나 어른이 된 후에는 너무 잘 알게 됐다. 열심히 일해서 다시 일어나야 하는 부모 아래에서 집도 없이 매일 같은 옷을 입고 다니며 얼굴에는 못 먹어서 버짐이 핀 아이라는 걸 너무 잘 알았던 것 같다. 같은 말을 하더라도 나에게는 좀 더 불편하게 했었다. 모든 선생님이 그런 건 아니겠지만, 적어도 나를 거쳐 간 선생님 중 몇몇은 그랬다.

나는 세상이 불편했다. 나를 둘러싼 것들이 다크하게만 보였고, 나를 대하는 사람들은 보이는 것과는 다른 생각을 갖고 대할 것이라고 생각했다. 아마도 세상을 향해 스스로를 지키기 위한 방어 기제로 날카로움을 장착했던 게 아닐까 싶다. 무언가 공짜로 나에게 주어지는 것은 없다고 생각했다. 항상 고슴도치 털처럼 잔뜩 깃을 세우고 다녔다. 그러다 보니 말 한마디 한마디도 날카로웠다. 우회적으로 돌려서 말할 방법도 알지 못했고 그럴 필요도 느끼지 못했다. 그들은 그들의 문화가 있다고 생각했다. 나는 들어가서 다가서지 못할 벽, 계급 차이를 몸소 느낀 아이의 모습이랄까. 나를 온전히 나로 대해 주는 사람은 몇 되지 않았다. 그중 한 명이 아직도 절친한 친구로 남아있는 'H'다.

그렇게 모나고 까칠한 사람이었지만, 목표를 향해 돌진하는 코뿔소 같은 사람이 나였다. 문제집 살 돈이 없어서 교무실을 돌며 문제집을 구걸했었다. 각종 교사용 문제집이 출판사 등에서 샘플로 오게 되는데, 그걸 본 나는 어차피 선생님은 필요 없지 않냐고 물어보며 정답이 쓰여 있는 문제집들을 수거해 집에서 공부했다. 정답을 손가락들로 가려가면서. 그렇게 나는 내 굴레를 벗어나기 위해서 나름의 발버둥을 쳤다. 내 꿈은 거창한 것이 아니었다. 그저, 이 동네를 벗어나자. 내 뿌리를 벗어나자. 무엇이든 열심히 해서 할 수 있는 것들을 다 해내 보자였다.

지금은 나름 많이 성공한 인생이라고 생각한다. 그토록 모났던 아이가 사회에서 좋은 사람들을 만나고 좋은 멘토들을 섬겨서 삶의 시각과 대하는 태도가 변화하게 되었다. 힘들고 지칠 때는 누구나 모난 정이다. 그래서 누구보다 많이 두들겨 맞으리라. 두들겨 맞으면서도 누구 하나 도와주는 사람은 없다. 기댈 필요도 없다. 도움을 요청할 여유도 없다. 그러나 그렇다고 해서 주저앉아 불평만 해대며 내 미래를 소비할 순 없다. 그때는 그렇게 생각했다.

'내가 오늘 이렇게 산다고 해서 내일도 이렇게 산다는 보장은 없다.'

내일은 또 다른 내가 있고, 그다음은 또 발전한 내가 있을 수 있다. 세상을 바꿀 수는 없지만, 내가 변하면 내 주변도 변할 수는 있다. 빠르진 않겠지만 천천히 바뀔 수는 있다.

25

때로는 싸우고, 때로는 단결하고

동생과 나는 스타일이 전혀 다르다. 한 배 속에서 나왔는데 달라도 이렇게 정반대일 수가 있냐고 엄마가 항상 웃으셨다. 서로 다른 성향의 사람이 한집에서 살았는데, 욕구의 대부분이 채워지질 않았으니 어찌 안 싸울 수가 있을까? 그래도 어릴 때는 동생이 어려서 그런가 나의 모난 말들을 다 받아 내며 싸웠다. 잘못은 주로 동생이 저지르는 편이긴 하다. 그러나 나의 말투들은 하나하나가 다 화살촉처럼 상대의 마음을 후벼 파는 편이었다. 그렇게 우리는 서로의 감정에 하나씩 생채기를 내면서 오늘이 마지막인 듯 장렬하게 싸운 적이 많다.

그러나 한 번씩 뭉칠 때가 있다. 적의 적은 적이라고 우리 가족을 함부로 대하는 사람이 나타나면 그게 누구이든 간에 남녀노소를 막론하고 함께 대들었다. 우리가 소리를 지르며 싸울 때면, 주변 사람들이 다들 쳐다볼 정도로 소리가 우렁차다. 엄마도 그렇고 우리는 목청이 큰 편이다. 특히나 화나 있을 때는 주변을 신경 쓸 뇌 한 부분이 없어져 있다. 그래서 뒷일을 생각하거나, 주변을 생각하지 못하고 화를 내며 길길이 날뛸 때가 있었다. 생각해 보니 동생도 나와 같은 환경에서 나름의 방어구축 체제를 스스로 만들고 있었던 게 아닐까 싶기도 하다. 그런 이야기를 깊게 나눠 보지는 않았지만 내가 그랬다면 동생도 나름의 방식이 다를 뿐 비슷한 감정을 느끼지 않았을까?

한번은 엄마를 구박하는 시댁 친척이 있었다. 나는 아빠 대신 엄마를 지켜야 하는 장녀이자 가장 같은 의무감을 갖고 살고 있다. 그래서 내가 나서서 말을 다 끊고 노려봤다. 가장 많이 들었던 말은

"싸가지 없이 어른들 말하는데 감히 어딜 끼어들어?"

였다. 나이 먹은 사람 눈에는 대드는 젊은 것이 불편하고 기분 나빴을 것이다. 그러나 아내를 지켜 줄 아빠가 없는 사람 격이어서 나는 내가 가장이라 생각하고 항상 살아왔다. 이럴 때만큼은 같이 함께 싸워 주는 동생이 참 고마웠다. 그래... 이런 게 가족이지. 막 죽을 듯이 싸우다가도 공공의 적이 나타나면 함께 싸워 주는.

26

환경은 서로가 만드는 거 같아

힘들다고 주저앉아 있을 때면 왜 나만 이런 상황을 겪어야 하는지, 누구를 원망하면 좋을지 생각할 때가 있다. 힘들게 자란 사람들은 커서 다들 범죄자가 되거나 어두운 길로 빠지는 경우가 많다는 편견. 나도 그런 편견을 가지고 살던 사람이었다. 아무도 도와주지 않는다면 스스로 그 굴레를 벗어나는 것은 너무나 힘들다. 겪어 보지 않은 사람은 아무도 모를 것이다. 그럼에도 불구하고 불평만 하는 사람은 결과가 없다. 더 나은 다음 단계 자체를 밟을 수도 없다.

행복한 환경을 날 때부터 가지고 태어난 사람도 있다. 내 딸아이가 그 중 한 명이다. 구태여 엄마 아빠가 살아왔던 힘들었던 그 경험을 시킬 필요는 없지 않은가? 그러나 반대로 나처럼 행복한 가족이 과연 있을까 하며 동화 속 가족을 동경하며 사는 사람도 있을 것이다.

가난은 되물림이다. 왜? 가난으로 간 사람들의 그 사고방식과 관념을 부숴야만 나올 수 있는데, 한번 고꾸라지면 나오기 쉽지 않다. 마치 자석처럼 지옥에서 나를 끌어당기는 듯하다. 그렇게 한번 내려앉으면, 주변에서 나를 도와줄 수 있었던 사람들도 부서지는 파도 알처럼 우수수 퍼져 사라진다. 힘들어도 도움을 요청하지 않는다. 스스로의 힘으로 끝까지 해내고 만다. 그러나 사고는 바뀌어야 한다. 돈을 버는 사람들의 사고는 그들만의 노하우와 방식이 있다. 사실 말로 해 줘도 받아들여지기 어렵다. 그래서 아무리 전문가들이 떠들어도 부자가 될 수 없는 사람들이 더욱 많기 때문에 계속 세상의 흐름이 유지되는 것이다.

되물림에서 벗어나려면 나를 백지화시켜야 한다. 주변의 만날 수 있는 사람을 정리해 본다. 꾸준히 상승하는 사람, 말 속에 여유가 있는 사람, 다른 사람과 생각이 많이 다른 사람. 그런 사람을 찾아 그 주변을 맴돌아야 한다. 냄새라도 맡아야 한다. 그래서 되물림을 내 자식에게 되돌려주지 않을 수 있도록 매일을 고뇌하고 생각해야 한다. 그렇게 환경을 아주 작은 씨앗부터 바꾸어 발아시키지 않으면 결국, 그 땅에서 그 새싹이 자라는 것이다. 그 물을 먹고 그 태양을 받으며 자라봤자 본인이다.

27

내가 먼저 변해야 가족도 변하는군

아이들은 상황에 맞추어 자라난다. 환경이 어떻게 이루어져 있느냐에 따라서 아이들은 각자의 기질을 발전시켜가며 자란다. 나도 그렇다. 내 동생도 마찬가지다. 약간은 예민하게, 직선적으로 자랐다. 어른이 되어서도 감정의 요동에 삶을 맡긴 듯이 모든 일에 진심을 다해서 노래하듯 삶을 대했다.

즐거울 때는 밖에서 사람들의 시선과 상관없이 그렇게 노래를 부르거나 마음껏 웃었다. 주변 사람들에게 즐거움의 향기를 뿜어 내듯 모두들 행복이 두 배가 되었다. 문제는 그 반대 상황이었을 때다. 화가 나거나 슬플 때는 모두가 함께 힘들었다. 지금에서야 알게 된 일이긴 하지만, 그때는 타인이 나로 인해 함께 힘들고 아팠다는 사실을 모르고 살았다. 내 마음처럼 일이 풀어지지 않을 때. 나를 공격하고 있는 듯한 느낌을 받았을 때. 우리 가족은 그렇게 찔러도 피 나지 않을 칼날 같은 말로 상대를 들쑤셨다.

어느 순간부터는 "나 원래 그래. 성격이 직선적이야. 말로 다 해야 풀어. 말로 안 하면 몰라."라는 말이 뒷말에 붙어 나왔다. 일명 진상이라고나 할까? 지금도 그 기질을 다 극복한 것은 아니다. 그러나 아이를 키우면서는 많이 고쳤다. 이유는 단 하나. **내 아이의 기질이 나와 정반대다. 남편을 똑 닮았다. 엄마가 직선적으로 말하거나 감정의 기복으로 하루를 보내고 있으면 곁에 있는 내 아이가 그 감정 폭격의 영향을 직타로 받는다.** 아이는 슬프거나 화가 나도 엄마의 눈치를 본다. 자신의 감정을 솔직하게 말하지 못한다. 이 상황을 내가 만든 것이라는 걸 나는 누구보다 잘 알게 됐다. 그래서 한 번씩 말을 삼켰다. 전문가들이 나와서 육아의 태도에 관해 설명해 주면 받아 적고 냉장고에도 적었다. 나를 바꿔야지 내 아이는 이 굴레에서 벗어난다. 남편도 좋아했다. 사실 나도 모르게 조언이라고 하는 말들이 내 남자에게 상처를 준 적이 많았던 것이다.

그렇게 양육 태도만 변해선 안 된다. 내 주변인에게도 사과 아닌 사과를 했다. 그렇게 나는 나의 사고방식과 말하기 방식을 바꾸었다. 가장 빠르게 바뀐 것은 내 아이와 남편이었다. 남편의 말투는 더욱 부드러워졌다. 나를 부름에 사랑이 더욱 담기기 시작했다. 내 아이는 본인의 의

사를 점점 더 말하기 시작했다. 여전히 주변을 살피며 눈치가 빠른 것은 아이의 본성이다. 그러나 아이는 더욱 감정 조절을 잘하게 되고, 나와의 대화가 즐거운 것임을 깨닫기 시작했다.

엄마와 동생도 변했다. 나의 말투는 노래하듯 롤러코스터 타듯 이어 졌었는데, 이세는 잔잔한 파도 같은 '도'를 유지했다. 빠르지도 않도록 천천히 말한다. 말하는 중간에 잠깐씩 원래의 기질이 나온다. 그럼 어서 캐치한다. 입을 닫고 상대의 이야기를 묻는다. 상대의 이야기를 듣는 동 안 말을 삼킨다. 하고 싶은 말이 입 밖으로 나오려 하면 한두 번은 삼킨 다. 생각할 시간을 버는 것이다. 그렇게 몇 년이 흐르고 나니, 나와 대화 하면 편안하다는 사람들이 생겼다. 가장 큰 차이점? 아마 상대를 먼저 생각하는 것이다. 나는 항상 모든 것이 나를 중심으로 했다. 감정도 내 감정이 우선했다. 말도 내 말이 우선한 것이다. 이제는 변화를 온몸을 활짝 벌려서 받아들이고 있다. 아직도 갈 길은 멀었다. 말하는 방식 자 체가 생각보다 기질을 넘어서는 방식이라 어렵다. 참는 건 더더욱 어려 운 성격이다. 불을 지르기도 전에 불났다고 말하는 사람이 나다. 한 템 포 쉬는 것은 혀가 밖으로 나오는 것보다 어렵다.

엄마도 나와 대화하면서 평안을 얻는다. 예전에는 서로 창과 창의 대 화를 했다. 마음은 항상 서로가 사랑인데, 이상하게 대화를 하다 보면 싸 움이 난다. 동생과는 대화를 안 하려고 노력했었다. 말이 통하지 않았다.

본인의 기세가 더 크다고 여기는지 내 말을 들으려고 하지 않고 흥분한 상태였다. 이제는 흥분해 있다가도 "동생아. 천천히 말하자. 나 시간 많아서 니 얘기 다 들어줄 수 있어."라든가, "너는 그렇게 느꼈구나. 사람마다 스타일이 다 다르니까 너무 속상해 말아. 그 사람의 스타일은 그거고 너는 너의 스타일이 있잖니."라든가. 그렇게 말하고 나면 동생이 마음의 평화를 찾는다.

생각보다 잔잔함이 주는 파동이 많더라. 나는 잔잔한 파동에 올라타는 인생을 쭈욱 살아보자 싶다. 주변에 누군가가 기쁠 때 한없이 기쁜데 화날 때나 슬플 때 과격한 태도를 보인다면, 그 사람의 인생을 잔잔한 파동에 실어보자. 삶의 안정감에 큰 영향을 받을 것이다.

28

가장 힘들 때

내가 사실 가장 힘들 때는 어렸을 적이다. 10대 때에는 정말 힘들었는데, 그때는 우리 가족 모두가 어려울 때였다. 우리는 서로에게 기대지 않았고 그 누구에게도 기댈 수가 없었다. 그때는 친구가 그나마 가장 편했다. 무슨 말을 해도 다시 놀자고 전환해 주는 친구들이 좋았다. 생각해 보면 그 힘든 시기를 같이 보내 주며 간혹 간식도 사 주고 충고도 없이 곁에 있어 주었던 내 친구 'H'가 너무 고맙다. 어떻게 보면 내가 가장 힘들고 어려울 때 심적으로 기댈 수 있었던 친구가 있어서 지금의 내가 더욱 웃으며 힘을 얻고 살아가는 게 아닐까 싶다.

그때는 집에 돈도 없었다. 아버지는 돈을 벌어도 가족에게 가져다주지 않았다. 나는 어렸을 적에 그런 부분을 살포시 알긴 했었다. 엄마가 여러 개의 알바를 했기 때문이다. 인형 눈알을 붙인다거나, 레이스에 달 거리를 바느질하기도 했고, 종이봉투를 접기도 했으며, 불판을 닦으러 식당에 나가거나 우유랑 신문을 배달하기도 했다. 나는 엄마랑 함께하는 것이 좋았다. 새벽부터 나가서 일하고 학교를 가긴 했지만 그때는 생각이 이미 어른이었다. 이렇게라도 해서 일을 하며 가정을 이끌어 주는 엄마가 고마웠다. 가족이란 게 그런 것 아닐까? 서로가 서로를 응원해 주고 세상에 홀로 동떨어진 느낌이 들어도 함께 있으면 숨 쉬고 엉덩이 붙일 자리를 찾아 손을 맞잡는 것. 그렇게 **기댈 곳 없는 엄마는 홀로 세상의 정면에서 배운 것도 가진 것도 없이 우리를 키워 냈다.**

우리를 도와주는 친척도 없었다. 아이인 우리를 보면서도 어쩌다 한 번 보면서도 용돈 한번 쥐어 준 적 없었다. 간식 한번 사준 적 없었다. 차라리 웃어나 주지. 친척들도 우리를 보면 돈 얘기를 했다. 엄마 아빠 돈 벌면 말하라고. 나는 모든 사람을 믿지 않기로 했다. 핏줄이 섞여도 가족이 아니고서는 믿지 않기로 했다. 지금은 엄마가 만든 가족이어서 아빠를 제외하고는 믿고 있지만, 내가 만드는 가족은 절대로 신뢰를 기반으로 만들고 싶다 하는 생각을 많이 했다.

가장 힘들고 어려울 때, 내가 힘들 때 도와준 사람을 버리진 말자. 내 주변에 힘든 사람이 있는데 내가 나눠 줄 수 있는 사람이라면 말없이 생색 없이 도와주자. **우유 한 팩, 따뜻한 말 한마디, 정겨운 눈빛 하나면 된다. 힘들 때의 그 기억은 사람의 평생에 삶의 목적과 양분이 되더라.**

147

8장

화가 많은 세상

29

어느 동네라고 말은 못 하겠네

아는 지인이 드디어 전세 빌라에서 탈출했다. 내 집 마련이라는 말은 남의 말이라고만 생각했던 언니였는데, 드디어 아파트에 분양되어 수원의 한 동네로 이사를 가게 되었다. 당연히 나는 신나는 마음과 축하하는 마음으로 아이를 데리고 언니네 집에 집들이를 가게 되었다.

새로 생기는 아파트 단지인데 대단지로 계획이 잡혀 있어서 도로가 깔끔하게 닦여 있었다. 수원에도 여러 구시가지가 있는데 이곳은 아직 시가지가 발달하기 전이었다. 아파트 내부는 새것이라 그런지 아주 깔끔해서 좋았다. 지하 주차장에 차를 주차하고 문을 열어 주는 언니의 목소리가 생기가 돌았다.

아이들은 서로를 만나 노느라 행복해했다. 문득, 그 주변에 물놀이터가 있는데 가볼까 하는 얘기가 나왔다. 이미 아이들은 물놀이터에 온 듯 소리를 질러대며 가자고 했다. 나도 언니도 초행길이기 때문에 일단 내 차를 타고 가보자고 하며 나왔다. 구시가지 쪽으로 들어가서 나오는데 내비가 그날따라 이상한 곳이 목적지라며 안내를 종료했다.

"어? 여기 00아파트인데요? 어떡하지?"
"일단 뒤에 차들이 있으니까 들어가서 돌려서 나와보자 어떡해."

초행길이다 보니 실수를 했다. 그래서 차를 급하게 몰아서 들어갔는데, 이런... 회차장이 있는 걸 모르고 지하주차장 차단기 입구에 서 버렸다. 당황해서 관리실 버튼을 눌렀다. (경비실인가?)

"네."
"아... 저 초행이라서 길을 잘못 들어왔어요. 차단기 문 열어 주시면 차 돌려서 나갈게요. 죄송합니다."
"안 돼요. 차 뒤로 빼세요. 빼서 나가요."

소리를 지르는 아저씨. 이 아저씨는 화가 많은 사람인가? 순간 욱하는 마음이 들었다. 무례하게 대답하면서 나에게 모욕감을 주는 느낌이 들었는데 차에는 아이들이 타고 있어서 화를 내기도 좀 부끄러웠다.

"저, 지금 뒤에 차가 서너 대가 기다리고 있어서요. 제가 차를 어떻게 빼나요? 차단기 그냥 열어 주시면 안 되나요? 바로 돌려서 나갈게요."

이어서 들려오는 소리는 더 가관이었다. 마구 소리를 지르면서

"차 빼. 빼라고요. 알아서 나가요. 못 열어. 빼. 차 빼."

이 미친 아저씨가 다 있나? 나는 순간 내 성질대로 차를 막아 버리고 경찰을 부를까 하는 생각까지 가고 있었다. 무슨 외지인을 막돼 먹은 도둑으로 보는지 와서는 안 될 곳을 감히 왔나 하는 듯한 느낌이 들었다. 이렇게 큰 싸움이 나고 때리고 욕하고 하는 건가 싶었다. 옆에 있던 언니도 당황하는 눈치였다. 아이들은 겁에 슬슬 질려가는 것 같았다. 다행히 나는 운전을 못하는 편은 아니다. 길치인 거지... 나는 비상 깜박이를 켜고 후진하기 시작했다. 차들은 많이 짜증났지만 주민인지 아니면 종종 있는 상황인 건지 차를 후진시켜 주기 시작했다.

상황을 마무리하고 새로운 마음으로 다시 차를 돌려 대로변으로 나왔다. 몇 분 지나지 않아서 목적지가 나왔다. 근데 주차장이 좀 협소해서 차들이 이중주차를 해 놓았다. 나는 어떤 카니발 앞에 주차했다. 내리면서 안쪽에 있던 차 주인이 나에게 말했다.

"저희 전화하면 바로 빼 주셔야 돼요. 전화 잘 받으세요."

음? 나는 퉁명스러운 말투에 2번째 화가 나기는 했지만 애써 웃으며

"네. 걱정 마세요. 혹시 얼마나 놀다가 가실지 물어봐도 될까요?"

라고 물었는데 대답이

"모르죠. 놀아 봐야 알죠."

라고 다시 퉁명스러운 대답이 돌아왔다. 나는 내가 너무 혼자만 집에서 잘 살고 있었나? 요즘 경기가 힘들고 날씨가 많이 덥기는 한데 그렇다고 저렇게 마주치는 사람마다 웃음기 없이 배려심 없이 화를 낼까 싶었다.

언니도 민망해했다. 본인도 이사온 지 얼마 안 돼서 잘 모른다고. 더군다나 이 동네는 구시가지여서 본인 아파트 사람들은 잘 웃고 친절하다고 했다. 어느 동네라고 말은 안 하는데 말을 할 때는 상대를 기분 나쁘게 만들 필요는 없다는 걸 좀 알아라. 같은 말을 해도 좋게 한다면 더욱 따뜻한 지역사회 구축이 되지 않겠니?

30

감정 갑질이 흔해

주변에 있는 사람의 감정 상태에 따라서 자신의 감정도 영향을 많이 받는다. 아무리 감수성이 적고, 타인의 말이나 상황에 공감을 크게 안 하는 사람일지라도 감정은 이상하게 공기 속에 퍼져나가는 향기처럼 빠르게 주변 공기를 전염시킨다.

감정 조절은 어렸을 적부터 부모에게 배우며 자라야 한다. 그래야 천천히 세상과 부딪히면서 내 마음처럼 되지 않는 상황에서 어떻게 하면 본인의 감정을 잘 전달할 수 있는지를 배우면서 성숙하게 된다. 아쉬운 점은 지금의 우리는 일하는 부모님과 그 교육이 필요한지를 모르는 세상 속에서 자라왔기 때문에, 우리가 아이를 낳게 된다 할지라도 어떻게 교육을 해야 하는지, 왜 그렇게까지 감정조절 교육을 해야 하는지에 대해서 잘 모른다는 점이다.

타인에게 주는 영향력이 나는 그렇게 높지 않다라고 생각할 수도 있다. 그러나, 모르는 사람들과 함께 있는 버스정류장 혹은 지하철 공간에서도 누구 한 사람이 소리를 지르면 다른 사람들도 다같이 놀라서 주변을 보게 될 것이다. 놀라는 감정, 무서운 감정 등 여러 감정들은 이렇듯 우리가 알지 못하는 사이에 주변 곳곳에 스며들어 있다. 소리가 공명을 하듯이 그렇게 천천히 파동을 일으킨다고 생각이 든다.

내가 계산하면서 일하는 사람들에게 반말을 한다든가, 내 생각과 다른 행동을 하는 상대를 봤을 때 험악해지는 말을 사용하고 날 선 눈빛을 보낸다면, 그것 또한 감정을 함부로 휘두른 건 아닐까? 선생님에게도, 배달원에게도, 종업원, 상점주인 등등 우리가 스스로의 위치에서 옳다고 생각한다면 상대에게는 배려보다는 강한 말을 사용함으로써 그들의 마음에 상처를 주는 상황이 있을 것이다. 나도 물론 그런 상황이 꽤 있었는데, 지금 와서는 참 후회가 많이 된다. 결국은 언젠가 그런 상황이 되돌아와 나에게도 올 테니까.

조금만 더 생각해 주고 감정표현은 상대를 배려하면서 해 보는 연습을 하며 살고 있는 중이다. 누구나 실수는 할 수 있고, 실수가 곧 그 사람의 전부는 아닐 테고, 나도 살면서 실수는 할 수 있으니 말이다.

31

상대방 배려를 배워요

내 삶이 각박해서 여유가 없어지면 가장 먼저 드러나는 것은? 얼굴 표정과 말투이다. 누가 들어도 '당신은 참 힘들군요.' 하는 느낌이 바로 온다. 언제나 주변을 살피며 살 필요는 없다. 너무 배려만 하다가는 내가 먼저 갈아질 수도 있으니. 그렇지만, 그렇다고 해서 모두가 나를 중심으로 생각하고 살아간다면 이 세상은 너무 각박한 세상이 되어 결국 내가 사는 삶도 각박해질 것이다. 인간은 누구나 혼자서는 살 수 없으니.

상대를 배려하는 것은 상대를 봐 가면서 배려하라는 말은 아닐 것이다. 상대가 누구이든 나에게 큰 피해를 주지 않았다면 말할 때는 먼저 배려하는 것이 좋다고 생각한다. 이것은 옳고 그름의 문제가 아니다. 또한 강한 자에게는 약하게, 약한 자에게는 강하게 배려해서도 안 된다. 그저, 내가 하려고 하는 행동 혹은 말의 진의가 잘 전달될 수 있도록 구태여 상처를 주면서 확실하게 큰 소리로 할 필요는 없다.

사람마다 생각은 다르겠지만, 그 다름도 계속되는 삶의 생활 속에서 바뀌기 마련이다. 그래서 연륜이 중요하고 경험이 중요한 것이 아닐까? 아직 다 살아보지 않은 삶을 확실하게 생각하고 확답을 내려서 내 가치대로 삶을 평가하고 재단하는 것은 모르니만 못할 수 있다.

배려는 타고나는 사람도 있을 것이다. 그러나 모두가 그렇지는 않다. 어떻게 내 생각과 마음을 표현하는지는 효과적으로 말하고 전달하는 방법이 있다고 한다. sns만 찾아봐도 전문가들이 말해 주는 것이 많다. 효율적으로 사는 방법 중 한 가지다. 살아가면서 내 주변에 적을 많이 둘 필요도 없다. 어차피 나도 누군가에게 실수를 하면서 살아간다. 내가 실수한 상황을 인지하지 못하고 넘어갈 수도 있다. 그때, 그 상대가 '그래. 사람이 살면서 한두 번씩 실수할 수도 있지.'라는 마음으로 헤아려 준다면 나는 그 배려를 받은 사람이 되는 것이다. 물론 용서하기 어려운 중한 일이 있을 수도 있다. 내 얼굴에 침을 뱉는다거나, 일방적인 폭행을 당한다거나 등등 많은 상황이 있을 수는 있다. 배려하고 살자는 부분은 서로 살아가면서 소소하게 겪을 수 있는 예들을 말하는 것이다.

내 아이 때문에 상대 아이가 넘어졌다면 먼저 "어머 괜찮아요? 미안

합니다."를 하고 아이 교육을 한다든가, "길 좀 묻겠습니다." 한다면 "네 어떻게 도와드릴까요?" 하고 웃어 준다든가.... 요즘 내가 겪는 세상은 이상하게 각박하다는 느낌이 많이 든다. 웃어 주지 않는다. 매일 보는 버스 운전기사 아저씨에게도 아무도 인사하지 않는다. 분리수거를 하러 나가는 매주 목요일, 분리수거를 도와주시는 경비실 아저씨에게도 대부분 웃어 주지 않는다. 인사를 해 주면 다행이다.

웃으며 인사하는 그 사소함조차도 사라지는 세상에서 우리는 살아가고 있다. 밝은 세상 속에서 혼자임을 즐기는 것과 각박한 세상 속에서 혼자임을 즐기는 것은 차이가 있지 않을까? 한마디 한마디에 상처받을 수는 있지만, 내 상처를 곁에 있는 사람 혹은 처음 보는 타인에게 우왁 해서 폭탄 돌리기를 하지는 않았으면 하는 생각이 든다.

32

미숙한 감정 표현은 배워야지

미숙하다라는 뜻은 말 그대로 익숙하지 못해서 서투르다는 걸 말한다. 감정 표현은 마음의 소리를 말로 만들어 입 밖으로 꺼내어 표현하는 걸 말하는데, 생각보다 우리는 이 마음의 말을 뭉뚱그려서 말하고 산다는 걸 모른다. 예를 들면

"아. 짜증 나." 이 말을 할 때가 종종 있다. '짜증 난다'라는 말은 말 그대로 마음이 불편해서 심기가 불편할 때 쓰는 말인데 상황은 아주 다양하다. 그렇기에 그저 "짜증 나."라고 상대방에게 표현하게 된다면 상대방은 그저 상황이나 이유는 모른 채 '아... 기분이 나쁘다고 나한테 말하는 거구나.' 정도로밖에 이해할 수가 없다. 그래서 '짜증 난다'라는 표현보다는

'내가 지금 ~~ 상황인데 ~~를 당하니까 많이 불쾌해.'라거나
'나는 ~~상황을 원했는데 니가 ~~게 행동하니까 ~~마음이 들어서 좀 안 좋아.'

라는 식으로 상황을 표현하고 내내 생각했던 것을 풀이해서 말한다면 더욱 효과적으로 나의 마음이 상대에게 전달된다. 특히나 내 의도와 다르게 상대가 갑자기 거두절미하고 '짜증 나'라고 말하게 된다면 나도 나에게 함부로 말을 한다는 생각이 들어서 함께 욱할 수 있기도 하다. 그렇기에 나를 존중해 주었으면 하는 생각이 기본으로 깔려 있다면 상대방에게 나의 감정을 표현할 때는 그만큼 다양하게 이해할 수 있도록 표현하는 것을 추천한다.

감정 표현은 생각보다 어렵지 않다. 그러나 예상치 못할 정도로 다양하다고 느낄 수는 있다. 우리가 평상시에는 그저 마구 쓰던 단순한 말들인데, 나의 기분을 표현할 때는 거의 뭉뚱그려서 표현하기 때문이다. 기분이 좋으면 그냥 '기분 좋아.' 기분이 나쁘면 '기분 안 좋아.' 정도로만 표현하기 때문에 그게 더욱 익숙하다. 다른 표현을 배울라 치면 뭐부터 어떻게 말해야 하는지 감도 안 잡힌다.

예를 들면 '기쁘다'처럼 쓸 수 있는 단어들을 보자.

- 벅차다 신난다 끝내 준다 날아갈 거 같다 구름을 뛰는 거 같다 황홀하다 감격스럽다 자랑
  스럽다 설렌다 상쾌하다 등등이 있고

슬프거나 괴로울 때는
- 쓸쓸하다 불쌍하다 처참하다 암담하다 절망스럽다 외롭다 울적하다 혼란스럽다 속상하
  다 서글프다 답답하다 야속하다 부담스럽다 등등

무섭거나 화가 날 때는
- 당황스럽다 놀라다 절망적이다 증오스럽다 원망스럽다 경멸스럽다 불안하다 초조하다
  긴장되다 저주스럽다 모욕적이다 얄밉다 창피하다 등등

정말 다양한 단어가 있다. 중요한 것은 이런 단어들을 자주 활용해 볼
수 있도록 매일매일 생활 속에서 사소한 노력을 해 보는 것이 중요하다.
마음을 표현하는 방법 한 가지만 더 알아도 내가 나의 상황을 잘 표현하
고 상대방이 나의 상황을 잘 이해해 줘서 다음에 같은 실수가 나오지 않
도록 하는 데 도움이 많이 되기 때문이다. 물론 연습할 때는 처음에 모
르는 제3자에게 이걸 할 수는 없고, 일단 은근히 소통이 잘 안 되는 가
족, 자식, 남편과 함께 서로 감정을 표현할 때 이런 단어를 섞어서 상황
을 꼭 표현하는 걸 추천해 본다.

특히나 아이가 있는 가정의 부모는 더더욱 연습하는 게 좋다고 한다.
아무래도 부모의 교육 하나하나가 아이가 성인이 되어서 살아갈 모든
지식을 습득하게 한다고 해도 과언이 아니기 때문이다. **부모가 몰라서**

가르치지 못하는 인생의 지식이 있다면, 아이들은 그 어느 곳에서도 그 부분을 쉽게 배울 순 없다. 삶의 지식은 타인이 잘 가르쳐 주지 않는다. 그저 일을 하는 게 필요한 지식, 사회에서 사람과 살아가기 위한 최소한의 예의 정도를 밖에서 배울 수 있다고 본다.

나도 감정 표현이 격성적이고 난순하고 공격적인 편이였으나, 정말 많은 노력을 통해서 아이에게 다양하게 대화하고 표현하고 있다. 단호한 면이 많기는 하지만, 그 부분은 타인에게 피해를 주거나 상대를 너무 배려하지 않을 때만 단호하다. 우리 아이들은 서로 배려하는 사람과 함께 이 세상을 살아가기를 원하는 마음일 뿐이다.

33

나부터 참고 웃어 주기

아직도 그런 마음은 있다. 왜? 착한 사람들만 피해를 보고 나쁜 사람들이 더 잘살지? 큰돈 훔친 사람들은 돈이 많아서 그런가 잘 안 잡혀가는데, 작은 돈 훔친 사람들은 벌벌 떨면서 더 잘 잡혀가지? 세상은 여전히 유전무죄 무전유죄인가?

강자 앞에서 약해지는 사람. 약자 앞에서는 갑질하는 사람. 본인들은 자신은 절대 그럴 리 없다고 그런 사람이 아니라고 생각한다. 그러나 나부터, 천천히 되돌아보면 내 위치, 내 직업상 사람을 대할 때를 보자. 정말 그랬을까? 더 나아갈 필요도 없다. 내 가족 내에서 엄마, 아빠를 대할 때 나를 더 사랑해 주는 사람이라고 생각이 들었을 때 뻔히 힘들 것을 알면서도 부탁하는 '나' 자신이 없었을까? 남자 친구, 여자 친구가 항상 나를 더 사랑해 주기 때문에 결국 내가 하란 대로 할 거라서 그냥 안 되는 거 알면서도 말했던 적... 정말 없었을까?

　나도 그렇다. 생각해 보면 나도 그런 갑질을 한 적이 꽤 있다. 내 엄마, 동생, 아이, 남편 등등 많다. 그래서 이제 이걸 깨닫고 나서부터는 나부터 웃어 주려고 노력한다. 억울하고 화나는 일도 있었다. 사실 이 글을 쓰는 지금도 속상한 일이 있다. 그렇지만 웃어 주고 편한 목소리로 말을 이어준다. 한 번만 참고 한 번만 웃어 주면 나에게는 더 이상 그 굴레가 따라다니지 않을 것이라는 믿음뿐이다. 결국에는 모든 사람이 한 번씩 참는 그 순간이 오지 않을까 하는 마음. 그래서 아주 사소한 것은 웃으면서 넘어가 주고 사과 한 번 받으면 되는 그런 사회. 끝까지 물고 늘어져서 아주 사소한 일도 아주 크게 만들어 버리는 각박한 사회가 싫다면 그렇게 나부터 웃어주고 나부터 양보해 주고 해야 하지 않을까 하는 생각이 많이 드는 하루다.

34

다혈질도 변한다니까

나는 상당한 다혈질의 사람이었다. 가장 많이 사용했던 말 중의 하나는

"나 원래 이래. 이런 사람이야. 사람 쉽게 안 변해."

"사람이 말을 하면 한 번만 말했을 때 들어. 두 번 말하게 하지 좀 마."

"니가 잘했으면 일이 이렇게 되겠어? 내가 이렇게 화를 내겠어? 똑바로 해."

"말 돌려서 하면 나도 못 알아듣고 너도 못 알아들어. 직설적으로 말해."

이런 종류의 말을 생각보다 자주 했더라. 물론 심각한 상황이기도 했 었고, 상대도 나와 함께 심각한 분위기였다. 그렇다 한들, 이렇게 말을 하고 화를 내며 싸웠으니, 항상 내 마음에는 지랄의 불씨가 타고 있었을

것이다. 물론 아직도 눈치가 많은 편은 아니고 자기중심적인 사람이어서 노력하는 것이지 충분히 모든 상황을 빠르게 파악하고 사람 가려서 말하기를 할 수 있을 정도의 능수능란함은 없다. 여전히 MBTI가 ESTJ여서 두 번 말하게 하는 거 싫어하고, 일 두 번 하는 사람 별로 안 좋아하는 편이긴 하다. 말을 할 때는 요점만 간단하게 하는 걸 좋아하며 효율성을 중요하게 생각하는 편이기도 하다. 그러나 달라진 점은? 있다. 나이를 먹고 세월이 지나가며 아이를 키우다 보니 나도 유해지고 싶고 유해지려고 노력하는 중이다. 물론 반대로 더욱 억척스럽고 더욱 배려 없이 말하는 사람도 많아서 사람 가려가면서 만나려고 노력하고 있기는 하다. 그렇다고 해도 사람을 안 만날 수는 없지 않은가? 그래서 항상 참을 인 자를 새기며

'주변에 적을 두지 말자.' 하는 마음으로 항상 대화를 한다.

나는 노력해도 안 될 줄 알았다. 그렇게 살아왔기 때문에, 이미 너무나 고착화되어 있어서 나는 해도 안 될 거라고 생각했다. 나는 좀 좋은 케이스이긴 하다. 남편이 옆에서 많은 칭찬과 격려를 해 주곤 했기 때문이다. 나와 정반대 케이스의 남편에게서 나는 나와 전혀 다른 사람의 사고방식과 감정에 대해서 알 수 있게 되었다. 같은 말을 하더라도 남편과 내가 바라는 말은 달랐다.

남편 - "나 요즘 일 때문에 너무 힘들어. 왜 사는지 모르겠어."

나 - "무슨 일인데? 내가 도와줄게. 말해 봐."

이런 식의 대화가 이어졌다. 그러나 남편은 자신의 일에 대해서 어차피 나의 의견이 필요한 것이 아니라고 했다. 계속해서 도와준답시고 해결책을 말하는 나의 말과 남편의 서운함은 쌓여갔다.

나 - 왜? 아니, 그럼 그 거래처 직원을 불러서 말을 하면 되잖아. 왜 일하는 시간에 놀고먹고 그러다가 퇴근 시간만 되면 사람 힘들게 가 버리냐고. 거래하기 싫은 거냐고 물어봐야지. 아니면 내가 전화해서 그 사람이랑 말해 봐?

남편 - 그냥 들어달라는 거야. 어디 하소연할 곳이 없으니까. 마음이 답답한 거지 방법을 몰라서 말하는 게 아니라고.

이런 식이다. 나는 답답함이 더해 갔다. 왜 직설적으로 말하고 일을 빠르게 해결하지 않는가? 그러나 나중에 알았다. 남편도 다 내가 생각했던 해결책은 이미 생각해 봤다는 사실을. 남편은 그저 들어줄 사람이 필요했던 거였다. 자신은 동료도 없는 사장이어서 말을 터놓을 사람도 없었단다. **유일한 출구가 나였는데, 나는 들어주는 것보다는 해결해 주는 쪽으로 계속 배려했던 것이다.**

이렇듯 서로의 마음을 알게 되면서부터는 내 생각이 다 옳은 게 아니라는 것에 빠져들었다. **사람마다 같은 상황 속에서도 느끼거나 생각하는 부분이 상대적이기 때문에 대화할 때는 오해를 할 만한 여지가 많다**는 것이다. 그래서 다혈질이 상당히 위험하다. 인간관계를 지속할 때, 본인과 생각이 다르면 바로 질러버리기 때문이다. 나처럼. 그래서 항상 내가 다혈질이라는 생각이 든다면 상대방의 눈빛과 입을 잘 봐야 한다. 내 의견을 말해야 하는 타이밍일까? 아니면 그냥 들어달라고 하는 말일까? 하는 걸 생각해 봐야 한다. 알고 보니 상대를 배려하는 사람들은 거의 전부 다 상대의 마음과 생각을 먼저 고려하고 말을 하더라.

'귀찮아. 뭘 말하는데 그렇게까지 해야 돼?' 하는 사람이 있을 수도 있다. 그런데 다혈질은 언제나 흥분 상태에서는 상대방에게 감정폭력, 언어폭력으로 이어질 가능성이 높다. 서로의 행복한 상태를 위해서 조금씩만 노력하고 인식한다면 천천히 바뀌는 상황이 오니 걱정할 필요 없다. 나도 내가 고질병인 줄 알았으니.

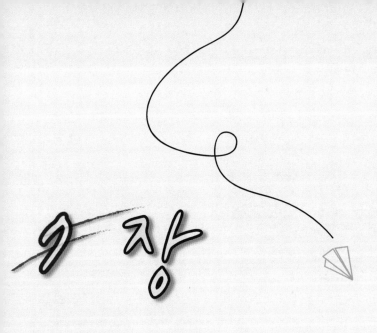

7장

때로는 혼자, 때로는 같이

35

나는 주로 혼자, 종종 같이

매일 같은 루틴으로 시작하는 아침이다. 항상 같은 시간에 같은 행동을 하고 비슷한 아침을 먹고 비슷한 일을 한다. 처음에는 예전처럼 나가서 일을 하고 싶었지만, 이제는 지금의 주부이자 엄마의 삶이 익숙해졌다. 이제는 나가서 일하는 것도 좋지만, 집에서 이렇게 혼자서 나만의 루틴대로 일을 하고 글을 쓰고, 드라마를 보면서 뜨개질을 하는 게 즐겁다. 매일 같은 일을 하는데도 이제는 질리거나 외롭거나 하지 않는다. 아마도 살아가면서 많은 일을 겪어서 그럴 수도 있다.

친구들을 만날 수 없는 삶이 돼 버렸다. 아이를 키우면서 친구를 만나서 노는 것은 상상도 할 수가 없다. 아이를 보면서 마시는 커피는 주변에서 눈치를 주지 않아도 눈치가 반, 수다를 집중할 수 없기에 미안함

반, 정신없음 대잔치 그 자체다. 싱글인 친구를 만나게 되면 더욱 미안해진다. 아무래도 아이를 키우지 않기 때문에 공감할 수 있는 영역이 다르다. 친구가 신경을 써주어도 미안하고 그렇다. 그렇다 보니 점점 돈 쓰고 눈치 보며 스트레스 받으니 집에서 아이랑 있는 게 낫다 하는 생각이 많이 들어서 점점 더 집에 있게 됐다.

그나마 주변 어린이집 혹은 비슷한 연령대를 키우는 학부형과 간혹 브런치도 하고 짧은 수다를 등,하원 하다가 이어 가기도 했다. 그러나 사실 이마저도 어렵더라. 이상하게 나이가 먹어가면서 그런 것인지 아이를 출산하면 마법에라도 걸리는 것인지 좀 더 예민해지고 우악스러워진다. 예전에는 안 그랬는데 출산 후에는 이상하게 눈치가 없어지고 목소리가 커진다. 누가 뭐라 할라치면 이미 가드 올리고 방어 태세다. 외로워서 그런 건지 계속 말을 서로 하다 보면 실수도 당연히 많아진다. 많은 실수 사이에서 사람들은 서로 기싸움도 하고 말 줄다리기도 한다. 그렇게 무리에서 버텨낼 재간이 없는 사람은 나가리 되는 느낌.

내 마음을 알아주는 사람 하나 없는데, 내가 선택한 인생이라서 말도 못 하고 낙장불입이라 되돌리기는 없다. 그렇다 보니 비슷한 상황이라고 생각되는 사람을 붙잡고 하소연을 하고 징징대고 하면서 나름의 스트레스를 푸는 것이다. 그런데 이 와중에도 말이 많이 모이기 때문에 문제가 생기기 마련이다. 또 다른 문제의 시작이 되면 이제는 사람을 만나는 게 무섭다 하는 말이 절로 나온다.

거의 누구나가 겪는 일이 아닐까 싶다. 세상이야 워낙 넓은데 얼마나 다양한 타입의 사람이 매일같이 만나겠는가. 그래서 나는 대화가 나와 맞는 사람 몇몇을 제외하고는 표면적으로 인사만 하고 웃어 주는 이웃 사이로 지낸다.

"우리 커피 한잔 할래요? 호호호"

이런 말을 들을 때면 "네~ 너무 좋죠." 하고 맞장구치며 그날은 대화 소재거리의 옳고 그름 판별하기 따위는 내려놓는다. 인간관계를 이어 가야 나도 사람이지. 아무도 안 만나고 집에만 있으면 사회 감각이 많이 떨어져서 안 되더라.

종종 만나는 이런 일을 제외하면 내가 좋아서 만나는 사람들이다. 몇 되지는 않지만, 그래도 꾸준한 만남과 인연을 이어가는 사람들이다. 한 달에 한 번 여섯 달에 한 번을 만나도 즐겁고 유쾌하다. 그렇기에 인생의 절반 이상 나는 혼자다. 남편과 아이가 있으나 서로의 스케줄이 있기에 평일에는 정말 태반 혼자로서의 삶을 살아간다. 사실 요즘은 혼자 있는데 혼자라는 생각이 잘 들지 않을 때도 많다. 워낙에 sns가 발달되어 있기도 하고, 전화나 톡으로 연락을 주고받기 때문에 혼자 있는데 혼자 있다는 생각이 안 들 때도 많다.

　이런 날이 올 줄 알고 과학자들은 이런 기기들을 발명했을까? 비가 와
도 즐겁고 날이 맑아도 즐거운 집 생활이 늙어가면서는 최고 좋다.

36

함께할 때 편안한 사람 찾기

가장 편안한 사람은 누구일까? 상황에 따라 다를 수도 있다. 누군가는 엄마나 아빠라고 대답할 것이다. 누군가는 내 자식이라 말할 것이다. 누군가는 남편이라고 말하겠지? 가장 슬픈 대답은 무엇인 줄 아는가? '없다'라고 생각한다. 이 복잡한 세상을 살아가는데 나만의 아픔과 슬픔 혹은 귀찮음을 공유할 누군가가 아예 없다고 생각해 보라. 혼자 세상 사는 것이 즐거울 순 있지만, 아무도 없이 외롭게 사는 것은 별로다. 시골에 사는 어르신을 생각해 보라. 계속되는 정적이 싫어서 집에서 개라도 데려다 함께 산다.

예전에는 친구가 나에겐 가장 편안한 사람이었다. 학교에 가서 선생님이 싫다고 선생님 욕을 할 때에도 어쩜 내가 하고 싶은 말을 알아서 잘하는지 나를 다 꿰뚫는 것 같아서 너무 좋았다. 보고 싶은 영화도 비슷했다. 나는 주로 공포나 액션 장르를 좋아하는데 공포영화나 드라마가 나오면 매일같이 그 얘기로 웃음꽃을 피웠었다. 학생 때는 힘든 상황이 다들 비슷하다. 일을 하거나 삶을 책임지며 살아갈 필요는 없기 때문에 다른 문제에 봉착해서 서로 이야기하고 서로 울고 웃었다. 그런데 직업을 갖기 시작하면서는 상황이 달라지더라. 친구들의 직업이 정해지면서 서로의 관심사가 달라졌다. 예전에는 키가 크고 작음, 얼굴이 예쁜가 아닌가 등등에 서로 으스댔다면, 이제는 연봉이 얼마인지, 돈은 얼마를 모았는지 액수로 서로를 평가하고 비교하기 시작했다. 모든 대화 속에서 반복되지는 않았지만, 세월이 조금씩 흐를수록 서로를 비교하기도 하는 것 같았다.

결국 편안한 사람을 찾는 것은 영원한 것은 아니다. 자신이 처한 상황에 따라서 나와의 관심사가 같고 사상이 같은가, 혹은 지위가 비슷하고 수입이 비슷한가 등 비슷한 부분이 있어야 한다. 그 와중에 대화가 잘 통한다면 결국 편안한 사람으로 발전해 가는 것이다.

부부간에 사이가 화목하다면 아마도 배우자가 가장 편안한 사람일 가능성이 높다. 조금씩은 다르지만, 함께 살아가면서 함께 살기 위해서 맞추는 부분이 있기 때문에 어느새 상대방화되어 있다. 예전엔 절대로 "노우"였던 부분이 살아가면서는 "부분적으로 예스"인 경우도 많다. 남편과 아내는 어찌 보면 전쟁 속의 전우 같다. 그래서 서로 툭탁대다가도 누군가가 침투하려고 하면 바로 적극적으로 서로를 보호한다. 물론 서로 비밀을 만들기 시작하면 얘기는 달라지겠지만...

나는 개인적으로 남편과 사이가 좋다. 보편적인 여성이 가지는 사고랑 조금씩 다를 때가 있는데, 그럴 때 남편과 이야기하는 것이 편안하다. 나의 치부와 나의 과거, 나의 어두운 면까지 다 오픈한 사람이다. 그도 그렇다. 우리는 서로에게 최대한 비밀이 없도록 서로를 다 얘기했다. 부딪혀서 싸울지언정 의심의 일말도 만들지 말자가 우리의 모토다. 그래서 그런가 사회에서 외로움을 느껴도 가정에 들어오면 심신의 편안함을 느낀다. 혼자인 시간을 갖는 것과 자발적인 혼자 되는 것은 조금 다르지 않을까 싶다.

37

때와 장소에 맞는 인간관계

힘든 일 중의 하나가 사람을 가려가면서 대하는 것이다. 그래서 서비스직 사람들이 갖는 스트레스가 일반인이 갖는 스트레스보다 더욱 클 것이다. 그럼에도 사람이 살아가면서 사람을 대하지 않을 수는 없기 때문에 우리는 상대를 대하는 태도를 어렸을 적부터 배운다. 개인적으로 아쉬운 것은 가정에서 어렸을 적부터 이런 사회적인 부분에 대해서 배워야 하는데, 부모들이 가르칠 때 일방적인 부분으로 가르치는 것이다.

예를 들면, 이런 상황이 있을 수 있다. 아이에게 자신의 주장을 확실하게 똑바로 말하라고 가르치고 싶은 부모의 상황이라고 보자.

"철수야, 자신의 의견을 정확하게 말해야 상대방이 알 수 있어. 그러니

표현하고 싶은 게 있다면 또박또박 다른 사람을 보고 정확히 말해 줘야 해."

이 말을 들은 아이는 당연히 '아... 내가 하고 싶은 말이 있으면 정확하게 또박또박 말해야 하는구나...' 할 것이다. 문제는 이 말이 모든 상황에서 통용되지는 않는다는 걸 알려 주지 않은 것이다. 또한, 자신의 의견을 표현할 자유는 있지만, 그 의견을 상대가 꼭 들어주리란 법은 없다는 것도 알려 주었어야 했다. 아이가 표현의 자유가 있는 것처럼 상대방도 자신의 의견대로 행동할 자유가 있다는 사실까지 말이다. 그래서 벌어지는 사태는 이런 것이다.

[영화관에서] "지금 이거 재미없다고오~ 언제 집에 가?!!!" (큰 소리로 말하는)
[식당에서] "쟤도 뛰는데 나도 뛰고 싶어. 까아아아 재밌어." (요리조리 뛰어다니며)
[놀이터에서] "그네 다 탔으면 나도 타자. 너 오래 탔잖아."
　　　　　"싫어. 나 계속 탈 거야. 내가 싫증 나면 그때 니가 타면 되잖아."

이런 상황은 아이가 나쁜 것이 아니다. 아이가 장소와 상황에 따라서 어떻게 배려하고 어떻게 표현해야 하는지를 배우지 못한 것이다. 이 점을 가르친 부모의 아이들은 확실히 상황별로 태도가 다르다. 수업 시간이나 조용해야 하는 공공장소에서는 의견을 표현할 때도 조용히 귀에 표현한다. 식당에서 뛰고 싶고 놀고 싶어도 밥을 먹을 때까지 핸드폰을 보여 달라고 할지언정 뛰지 않는다. 놀이터에서 양보하며 상대 아이와

의 마음을 쌓기도 한다.

　이렇듯 상황에 맞지 않게 일관되게 말을 하고 사고하고 행동하는 사람들이 요즘 세상은 생각보다 많다. 그래서 서비스를 하는 사람 입장에서는 이런 사람들이 오면 그냥 똥 밟았다 생각하고 빨리 보내 버리고 싶다. 대충 해 달라는 부분을 해 줄 수 있는 선에서는 최대한 맞춰 주는데, 이런 상황을 보는 사람 입장에서는 저렇게 표현해야 나도 이런저런 혜택을 받을 수 있나 싶을 수 있다. 이제는 참지 않는 세상이 되었다. 표현해야 옳다고 생각하는 사회가 되었다. 이런 세상 속에서 때와 장소를 가리지 않고 인간관계를 유지하려 든다면, 결국은 모두가 피해자가 되고 모두 함께인 것 같지만 결국 마음은 혼자이게 될 것이다.

　이런 교육이 사회에서 모범적으로 시작됐으면 한다. 먼저 아이일 때부터 가르쳐 주면 더더욱 좋을 테고, 이미 커버린 어른도 같은 말을 하더라도 때에 따라서 다를 수 있다는 것을 알게 해 주는 프로그램이 있었으면 좋겠다. 나도 순간적으로 욱하는 감성적일 때, 그럴 때가 있다. 그때는 상황에 맞는 말을 표현할 수 있도록 생각해야 하는데 이성적인 사고보다 감정적인 사고가 더욱 우선시된다. 누구나 이런 일을 한 번쯤은 가지고 있을 것이다. 특히나 자신을 돌아보는 사람, 객관적으로 사고하려고 노력하는 사람일수록 스스로에 대해서 반성하거나 자성하는 시간을 가진 적이 있을 것이다.

내가 생각하는 지금으로서의 가장 좋은 방법은, 감정적으로만 행동하는 사람이나 상황에 맞지 않도록 행동하고 표현하는 사람과는 거리를 두는 것이다. 더 좋은 방법이 있다면 그 방법을 고려할 것이다. 그러나 사람의 인간관계를 맺음으로 인해서 일상생활의 스트레스가 지속되고 넘치는 감정선이 부담이 오는 때가 있다. 그럴 때는 무슨 말을 해도 싸움이 벌어지거나 안 좋은 방향으로 상황이 흘러갈 가능성이 높기 때문에 조심해야 한다.

38

나이를 먹어도, 공부를 해도 사람은 어려워

딸아이는 궁금한 것이 많다. 오늘도 이런 질문을 한다.

"엄마, 어른이 되면 다 할 수 있어요?"
"어른이 되면 내가 하고 싶은 것을 다 해볼 수 있어요?"
"어른들은 뭐든 다 알아요?"

글쎄다... 어른이 된다고 해서 뭐든 다 알고 뭐든 다 할 수 있을 거라는 순진한 생각은 확실히 투명한 아이의 시선이다. 아이임에도 어른보다 나은 경우가 상당이 있다. 특히나 자제력과 인내력 부분에서 많은 차이가 난다고 생각한다. 어떤 아이는 아이지만, 스스로 해결하려는 의지를 갖기도 한다. 공부를 하면서도 싫지만 약속한 분량을 끝까지 해내는 아이도 많다. 대다수의 어른은 물론 사회 경력이 쌓이면서 싫어도 참고 인내하고 지속하는 지구력을 갖추게 된다. 그러나 그렇지 않은 사람... 주변에도 종종 보지 않는가?

아이도 배신이라는 말이 무엇인지 잘 알고 있다. 알면서도 불륜을 저지르거나 흔들리는 마음을 어쩌지 못해 현 상황을 정리하지 못하고 갈팡질팡하는 어른도 있다. 지인 부부 중에 한 부부는 배우자가 외도하는 정황을 포착했다. 아이가 있어서 참고 참고 벼르다가 결국 도저히 참을 수가 없어서 배우자와의 대화를 시작했다고 한다. 잘못한 부분이 있다면 사과를 먼저 해야 하는 것이 상식이다. 그러나 사과를 먼저 하는 것이 아니라 이렇게 말했다고 한다.

"니가 먼저 나를 이렇게 만들었어. 집에서 내가 얼마나 갑갑한 줄 알아?"
"너는 애교가 없잖아. 걔는 내 기분을 살살 풀어 준다고."
"살다 보면 사람이 한 번쯤은 실수할 수도 있지. 그게 뭐 대수라고 이렇게까지 싸움을 걸어?"

지인은 고민하다가 이혼 준비를 했다. 그러나 이혼 준비가 생각보다 만만치 않다고 하더라. 증거를 일일이 다 수집해야 하고, 아이는 아이대로 챙겨야 하고. 증거를 수집하는 와중에 모르던 여러 사실을 알게 되니 삶이 더욱 비참해졌다고 한다. 그래도 변호사 선임을 준비하면서 많은 것을 알게 됐다고 한다. 요즘 그만큼 어른이지만 어른스럽지 못한 어른이 많다고 한다.

누구나 실수할 수 있다. 누구나 살면서 모든 상황에 떳떳할 수는 없다. 그러나 나이를 먹어 가면 갈수록 이해가 되는 상황들이 많아지고, '내가 저 상황이라면 과연 나는 어떻게 할까?' 하는 생각이 자주 드는 것도 사실이다.

심리학을 공부하면 조금 나아질까? 심리학을 공부하고 인간관계론을 공부한들 사람 간의 세상을 전부 자신의 판단 속에서 이해하기란 어려울 것 같다. 내가 생각하는 상식선이 상대방이 생각하는 상식선과는 부합하지 않을 때가 있기 때문이다. 생각이 다양성은 존중해야 하고 아직 살아보지 못한 인생의 보편적인 상황을 벌써 이해하는 것도 무리가 있다. 그래서 책을 읽으며 공부를 하고, 인간관계를 잘 펼쳐 나가보기 위해서 전문가 강의를 듣거나 정보를 찾는다. 요즘은 특히나 정보의 세상이니까. 정보를 찾는 것은 사실 어렵진 않다.

유튜브나 인스타그램에서도 많은 사람과 전문가들이 인간관계에 대해서 정보를 주고 있다. 나도 꽤나 많은 강연과 강사의 글들을 봤었다. 그들의 이야기는 일맥상통하는 것처럼 보이지만 개개인의 의견 차가 있다. 왜 그럴까? 사람 목숨은 1개니까. 살아가 봤자 본인이 살아온 인생은 외길이다. 수많은 인생을 살아보지는 못하기에 내가 겪은 일과 주변에서 하는 이야기들을 바탕으로 논리를 정립하기 때문이 아닐까? 공부한다고 해서 실전을 잘하리란 보장은 없다. 그래도 모르는 채 인간관계로 속 썩느니 다른 타인의 삶과 생각을 뒤져보는 것도 나쁘진 않을 듯하다.

39

나를 기준으로 행복 찾기

사람들이 행복을 추구하며 다양한 정보를 공유한다. 심심하거나 외로운 순간을 대비해서 많은 취미 생활을 찾는다. 몸으로 하는 것, 머리로 하는 것, 손을 움직이는 것 등등. 다양한 취미거리가 존재한다. 주변에서도 행복해지고 싶어서 버킷 리스트들을 정리하기도 한다. 어떤 사람은 돈 쓰는 걸 즐기고, 여행 다니는 걸 즐긴다. 요즘은 특히나 개인 콘텐츠가 대세여서 핸드폰이 TV를 대신하는 세대라고 한다. 내가 봤던 신기한 방송들은

- 자신의 하루 24시간을 찍는 브이로그
- 계속 먹기만 하는 먹방

- 욕을 하면서 성질을 내는 방송
- 조직폭력배 혹은 불량청소년을 혼내 주러 다니는 방송
- 야한 옷을 입고 뽐내는 방송

등이다. 신기한 것은 이 방송들의 구독자 수가 정말 일반 방송에 대비해서 많다는 것이다. 그럼 그들은 어떻게 이런 콘텐츠를 매일 만들까? 돈이 되기도 하지만 내가 생각하기에는 이걸 즐기는 것이다. 그들은 방송을 시작하고 만들 때 행복을 느끼는 것이다. 반대로 돈을 벌려고 방송을 시작했는데, 내가 좋아하는 일은 아니고, 돈은 계속 들어오고. 이런 상황이 반복된다면 우울증에 시달리게 될 것이다. 싫어하는 일을 계속해야 할 만큼 괴로운 일도 없지 않은가?

가장 중요한 것은 내가 무엇을 해야 즐거울까라는 질문에 대한 답이다. 우리는 스스로에 대해 생각할 시간이 별로 없을뿐더러 매일이 바쁘다. 나를 생각할 시간보다는 앞으로 살아가야 할 매일을 걱정하느라 뇌에 쉬는 자리도 없다. 그래도 행복을 찾는다면 다른 사람이 좋아하는 일이 아니라 내가 나서서 하고 싶은 일을 생각해 내는 것이 행복을 찾는 첫 번째 단락이 아닐까 한다.

나는 그전까지는 블로그를 했었다. 아주 높은 순위까지 올라간 적이 한번 있었는데, 그때 많은 방문자가 와서 기분이 좋았다를 제외하고는

생각보다 매일매일 블로그를 올리는 게 귀찮았다. 가끔은 그냥 블로그를 폭파시킬까 하는 생각도 했었다. 그만큼 마케팅을 위해 시작했던 일이어서 홍보 비용은 없었으니 돈은 굳었지만, 나는 즐겁지 않았다. 또 상황이 상황이니만큼 아이들을 가르치던 예전 일도 할 수가 없었다. 그 일은 참으로 즐거운 일이다. 나는 천성적으로 아이들의 에너지를 받아서 지식을 넣어 주고 가르쳐 주는 것이 적성에 참 잘 맞았는데, 아이를 키우면서는 그 일을 할 수가 없었다. 밤에는 내 아이에게도 엄마가 필요하니까. 그런데, 이번에 적성에 맞는 일을 하나 찾았다. 바로 글쓰기다. 글을 읽는 것만 해 보다가 직접 글을 쓰기 시작하니까 뭔가 속 시원한 느낌이 들더라. 내가 좋아하는 일을 찾은 것이다. 가르치는 일 말고도 내가 좋아하는 일을 찾기까지... 십 년이 걸렸다. 그동안 내가 시작했던 취미 생활은 아주 다양했다. 사실 경험을 직접 해 보지 않고서는 좋아하는지 아닌지를 판단하기가 어렵기 때문이다.

이제는 글을 쓰는 시간이 즐겁다. 누군가에게 내 생각을 말해 주는 그 시간이 행복하다. 나와는 다른 생각을 가진 사람이 많겠지만, 그들도 자신과는 다른 사고를 가진 이들이 어떤 말을 하고 어떤 생각을 하면서 살아가는지 궁금할 것이다. 모두와 말을 하는 느낌이 든다. 나의 글을 누군가가 읽어 준다는 생각만 해도 뭔가 보람된다. 결국 내가 살아가는 삶은 어제와 다르지 않은 오늘이다. 글을 쓰고 있다는 것만 제외하면 과거의 나와 지금의 나는 바뀐 것이 없다. 그런데 지금이 더 평안하고 보람

된 삶을 산다고 느끼는 것은? 소소한 행복이다.

어제보다 오늘이 더 행복해지고 싶은가? 행복은 생각의 차이이고 마음먹기에 달렸다는 말이 정말 맞더라. 그러나, 무언가 계기가 있어야 마음도 먹고 생각도 바뀔 것 아닌가? 그러려면 안 해 봤던 것을 시도해 보라. 특히 다 같이 해야 하는 것보나도 혼자서 할 수 있는 깃을 시작해 보라. 그럼 시간과 공간의 제약이 훨씬 줄어든다. 타인의 눈치를 보거나 배려해 가면서까지 나의 취미를 하지 않아도 된다. 그렇게 실패 아닌 실패를 하다가 문득 더욱 몰두하고 하고 싶어지는 무언가가 얻어걸릴 것이다. 행동으로 실패해야 한다. 실패 없는 성공은 없다는 명언도 있지 않나?

40

인생에서 딱 한 명

평생에 제대로 된 친구 딱 한 명만 있어도 성공한 인생이라는 말이 있다. 그만큼 오랜 세월 믿고 의지할 만한 사람 한 명 찾는 것이 어렵다는 말이다. 나도 어렸을 적에는 친구가 많았다. 연락하는 친구도 수두룩했고, 여행 가고 맛있는 것 먹으러 다니는 친구도 많았다. 취업이 되면서는 직장에서도 친구들이 생겼다. 같은 일에 종사하고 같은 사고를 갖고 있다는 이유 하나만으로도 매일 시간을 함께 나누기에는 무리가 없었다. 아주 친하다고 생각하지만 가장 중요한 사실 하나. 바로 살면서 위험한 상황이 되었거나, 도움이 필요한 상황이 되었을 때 내 곁에서 나를 지지해 줄 사람이 있는가 하는 것이다. 대부분의 사람이 인생에서 한 번의 큰 실패를 한 후 대인기피증에 걸리거나 사람을 잘 믿지 못하게 된다.

나도 어렸을 적에는 부모님의 IMF를 곁에서 바라보며 직격타를 맞았다. 가장 크게 망한 사건이었고 집과 차, 사무실까지 다 넘어가서 빈 몸으로 월세방을 전전하던 부모님 아래에서 살았었다. 정말 친구들이 많았었다. 그때 당시가 내가 초등학생 때였다. 나는 활달한 성격이었고, 공부를 좋아하며 사람들과 어울리는 걸 좋아했었다. 그런데, 그때 아버지의 친한 고향 친구가 아버지에게 보증을 서 달라고 한 후 파산한 것이다. 아버지는 가장 친한 죽마고우에게 배신당했고 그 사람의 모든 빚까지 우리에게 넘어와서 가진 것을 한순간에 잃었다. 아마 그 사람도 본인이 처음부터 나쁜 마음을 먹고 그런 건 아니었을 것이다. 사람이 살면서 겪을 일은 어렸을 적에는 상상할 수도 없다. 전세사기를 당한 사람도 있고, 홧김에 싸우다 불을 내기도 하고, 술을 마시고 운전을 하다 걸릴 수도 있다. 모든 일은 누구에게나 언제 어디서든 일어날 수 있다. 그런데 중요한 것은 이런 일이 생겼을 때, 혹은 이런 일을 내 친구가 겪었을 때, 거리낌 없이 도움을 줄 수 있는 주변인이 몇 명이나 될까? 아마 파산했다는 소식을 듣는 순간, 전화를 받지 않거나 바쁘다고 핑계를 댈지도 모른다. 그렇게 돈을 달라고 할까 봐 싫은 소리는 어려우면 전화 자체를 피하는 게 상책이니까. 어떻게 보면 그 사람 상황에서는 피해를 입고 싶지 않아 하고, 지켜야 할 것이 많아지면 그럴 수 있긴 하다. 그래서 평생에 좋은 친구 한 명 가지고 죽는 것이 어렵다는 옛말이 나오는 것이 아니겠는가.

나는 그렇게 아주 어렸을 적부터 배신을 봐 와서 사람을 잘 믿지 않는다. 친구로서 곁에 있기는 하지만 항상 선을 지키는 편이다. 아무리 친해도 선을 넘기 시작하면 불편하다고 표현하거나 거리를 둔다. 결혼하거나, 나이를 먹어 가면서 노는 무리가 바뀌면 내가 아는 사람이라고 할지라도 조금씩 변화가 있기 때문이다. 그런 나에게도 초등학교 때부터 변하지 않는 마음으로 대하는 친구 한 명이 있다. 그 한 명이 나에게는 일당백의 역할을 해 준다. 만약 상식적으로도 납득이 가지 않는 상황이 생긴다고 하더라도 '그럴 수도 있지.' 혹은 '어떤 배경상 상황이 있었겠지.' 하고 나를 먼저 이해하려고 노력할 것이다. 서로가 느끼는 진정한 친구의 개념은 다를 수 있겠지만, 상대를 소중히 여기며 생각해 주는 것만은 같다.

삶에서 오르락내리락하는 곡선을 타지 않는 사람은 없다. 누구나 웃다가도 울고 행복하다가도 괴롭다. 함께 있다가도 혼자가 된다. 그래도 언제 연락해도 아무리 오랫동안 연락을 하지 않다가 연락을 해도 어제 만난 것같이 편안한 사람. 그런 사람이 내게도 있다.

41

어릴 때는 사람만 보지

학창 시절에 나는 전교 부회장을 할 정도로 에너지가 넘치는 사람이었다. 학교에서 공부를 열심히 하면서도 말괄량이 행동은 다 하고 다녔다. 하루는 지금의 챌린지처럼 학생들 사이에서 양동이 같은 것에 물을 받아다가 부어대며 놀이를 하는 것이 유행이었는데, 내가 친구들과 교실과 복도들을 뛰어다니면서 물바다를 함께 만든 적이 있었다. 그때, 선생님들도 잘 믿지 못했던 게, 나는 누가 봐도 일명 '범생이'였고, 친구들은 '말썽쟁이들'이었기 때문이다. 교무실에서 친구들과 여러 명이 나란히 무릎을 꿇고 앉아 손을 들고 있었다. 지나가시는 선생님들이 다들 한마디씩 하며 꿀밤을 차례로 선사하시고 가셨었다.

"너는 전교 부회장이라는 녀석이 이런 짓을 하면 못 하게 말리고 계도를 해야지, 같이 어울려서 놀고 있니?"

"죄송합니다... 너무 재밌어서 정신을 놓았었어요."

"너희는 그냥은 못 넘어가. 이번 달 내내 화장실 전체 청소야."

그렇게 친구들과 함께 냄새나는 화장실 청소를 했던 기억이 아직도 남아있다. 그때에는 그 친구들도 내가 신기하다고 말하기도 했다. 하고 다니는 것도 그렇고 성적도 그렇고 공부만 하고 노는 걸 못하게 생겨서는 같이 놀 때는 자기들만큼 신나게 논다고 말이다. 그렇게 나는 어떤 한 무리와 어울리는 것이 아니라, 다양한 무리와 섞이기도 하고 놀기도 하고 그랬었다.

내가 그랬던 것인지 그 친구들이 그랬던 것인지는 모르겠지만, 나는 친구들의 외모나 집안의 재력 같은 것에는 관심도 없었고 알고 싶지도 않았다. 나에게는 그저 좋은 친구, 재미있는 친구 정도로만 생각하고 어울렸기 때문이다. 돈이 많은 친구들은 당연히 돈으로 많은 것을 뽐내기도 했다. 먹거리를 쏘기도 하고(인기가 많음) 집으로 초대하기도 했다. 엄청 잘사는 친구네 집에 놀러 가보기도 했고, 엄청 못사는 친구네 집에 놀러 가기도 했다. 그때도 나는 친구는 친구였다. 무엇인가 바라는 것이 있거나, 상대를 이용해 먹으려고 하는 사람이라면 친구로 오래가지는 못했을 것이다. 이때는 내가 사람을 잘 가리지 않았기 때문에 다양한 친구가 많았고, 주변에 언제나 사람이 많아서 외로울 시간 자체가 없었다. 언제나 연락하면 만날 친구들이 있었기 때문이다.

오랜 시간 친구의 관계를 유지하다 지금은 만나지 않는 친구들이 몇 명 있다. 그들은 나와는 사는 동네가 달랐다. 우리 동네에서 살다가 서울로 전학을 가버린 친구가 자신의 친구들 몇 명을 데리고 다시 우리 동네로 놀러 왔었다. 그렇게 친구의 친구가 다시 나의 친구가 되었다. 그때도 그저 웃고 떠들고 노래방 가서 노래도 부르고 마냥 즐거웠다. 나이도 고등학생으로 성인이 되어가는 준비를 하는 중이었음에도 직업이라든가, 대학교 유무도 궁금하지 않았었다. 그저 만났을 때, 서로 공유할 거리가 있고 즐거우면 됐다. 그렇게 그 친구들과는 외모도 재력도 학벌도 사는 곳도 궁금하지 않았다. 돈이 더 있는 사람이 돈을 더 쓰기도 했다. 지금에 와서 생각해 보면 그때는 누구도 일을 해서 돈을 버는 사람은 없었는데, 그 돈을 친구들에게 쓰는 것이 어쩌면 부모님에게 미안한 것일 수도 있겠다 싶다. 금전적으로 여유가 있는 친구들은 노래방을 가도 자기들이 돈을 더 내거나 아예 노래방 비용을 다 냈다. 밥이나 술을 먹으러 가도 돈을 걷을 때 본인들이 없는 친구들 것까지도 내주고는 했다. 그렇게 관계는 외부 요인이 아니라 내부적인 것으로만 연결되어 유지되어 갔다.

우리는 사회인이 되고 나서도 즐겁게 인연을 이어 갔다. 각자가 퇴근하는 시간은 다르지만, 시간이 비슷한 사람끼리 근처 공원에서 땅바닥에

앉아 커피 한잔씩 마시며 웃곤 했다. 주말이 되면 근처 술집에 퇴근한 순서대로 모여서 곱창에 소주 몇 병을 마시며 헤어지기도 했다. 일을 하기 시작하면서부터는 돈이 없는 친구들도 어느 정도의 제값을 내기 시작하더라. 그럼에도 돈에 관련되지 않는 일이 없으니, 돈으로 시작하는 불만이 아주 조금씩은 새나오기도 했다.

그렇게 우리는 여러 에피소드를 공유하며 친구 관계를 유지하고 살아갔다. 서로를 이해하고 사회를 비평하면서 술 한잔에 웃고 울고 떠들기를 멈추지 않았다. 행복한 추억이다. 지금 생각해 보면 다 컸다고 생각하며 살던 그 사회 초년생까지가 정말 단순하고 철없는 순간이라는 사실을 느낀다.

42

결혼하는 사람에 따라 바뀌는 친구들

우리가 멀어지게 된 이유는 연인 때문이었다. 주로 내 주변에는 여자 친구보다는 남자 친구들이 많았는데, 아무래도 게임을 하거나 당구를 치고, 성향이 쾌활하지만 좀 무디고 무뚝뚝해서 그런 것 같다. 남자 친구들이 사회에 적응하고 나니, 여자 친구가 생기기 시작했다. 어찌나 열심히 연애를 하던지, 결혼하겠다 싶은 친구도 있었다. 여자 친구들은 남편 감을 거의 고르다시피 해서 연애를 시작하고 있었다. 다들 본인의 연애를 충실히 이행해야 하기 때문에 자주 만나던 우리들은 만나는 시간이 줄기 시작했다. 어쩌다 한번씩 만나면 그 와중에 연애를 하느라 돈이 없거나, 기념일을 챙겨야 해서 돈이 없거나, 둘만의 여행을 가야 하기 때문에 돈이 없었다. 그때 당시에는 그 부분이 참으로 서운했다. 나도 그때는 지금의 남자 친구와 연애하는 중이었기에 더더욱 이해하기 어려웠고

서운했었다. 별거 아닐 수도 있지만, 사람에 따라서 혹은 자신이 중요하다고 생각하는 비중에 따라서 돈을 사용한다는 걸로 들렸다. 우리에게는 쓰는 돈이 아쉽고 아까운데 본인들의 연애사에 돈을 쓰는 것에는 큰 돈을 들여도 별 상관 없는 듯 보였다.

아니나 다를까, 친구들의 결혼식 청첩장을 받게 되었고 그들은 결혼했다. 우리는 결혼하면서는 더더욱 만남을 이어가기가 어려워졌다. 남자 친구들은 와이프가 된 여자들의 눈치를 보느라 친구를 만나지 못한다고 했다. 그런데 나중에 알고 보니까 우리가 여자 친구들이어서 그런 것 같았다. 거의 15년 지기였는데 그때, 정말 서운한 마음이 많이 들었던 것 같다. 단둘이 보는 것도 아니고, 중학교 때부터 친하게 지내던 친구들이었는데 결혼하고는 만나는 것 전화조차 무서워서 못 한다는 것이... 여자 친구들은 결혼을 하면서 성격이나 말투가 조금씩 변했다. 남편을 누구를 만났느냐에 따라서 변화하는 모습이 신기하기도 하고 무섭기도 했다. 물론 나도 나의 현재 남편을 만나서 많이 유해졌다는 말을 듣는다.

여자 친구들은 남편이 자신보다 조금 더 잘사는 남자를 만난 것을 자랑처럼 말하는 친구도 있었다. 남편의 집안이 돈이 많다며 몇백이 돈이냐고 거침없이 말하는 친구도 있었다. 함께하면서 불편한 말을 꽂아대는 친구도 있었다. 나는 그렇게 친구들을 하나씩 잃어가는 중이었다. 불편해지는 상황이 많아지다 보니 점차 연락을 뜸하게 하고 안 하게 되었

다. 사람을 가려가기 시작했고, 현재 남아있는 친구들은 오래된 친구들
이지만, 좀 더 유해지고 좀 더 유연하게 변화하는 사람들이 아닐까 싶다.

43

어디까지 허용할까?

친구의 종류도 어찌 보면 다양하다. 어떤 친구는 나에게 솔직한 말을 해도 이해되면서 용서가 되는 반면에, 어떤 친구는 사실을 말해도 얄밉거나 재수없다. 아마도 서로의 거리가 다르기 때문이 아닐까? 나는 대학교 때 친하게 지내던 친구 중 친하면서도 편하긴 한데 뭔가 거리감을 두고 싶은 'L'이 있었다. 무엇인가 말할 때면 항상 비관적인 말로 시작해서 징징거리는 말투로 끝을 내는 편이었다. 하지만, 상대를 행동으로 챙겨주는 타입이어서 악한 마음으로 그러는 것은 아니라는 생각에 멀리 밀어낼 수는 없었다. 본인의 말투를 아는지 모르는지, 하고 싶은 말이 있다면 천천히 비수를 꽂는 타입인데, 본인은 정작 그 상황을 모르고 눈치가 없었다.

머리를 파격적으로 자르고 나타난 친구가 있었는데, 그걸 본 'L'은 역시나 웃으면서 솔직한 말을 시작했다.

"헐, 머리 스타일이 그게 뭐야. 하나도 안 어울리잖아~. 심경의 변화가 있는 거야? 그 머리 왜 했어~. 빨리 예전으로 돌아오라고오~"

이런 식의 대화를 하는 'L.' 친구들도 한 명씩 마음이 상해서는 그 모진 말에 멀어지기 시작했다. 나는 그냥 'L'이 나쁜 마음으로 하는 것이 아니라 자신의 말투에 무엇이 문제인지 아무도 지적해 주지 않아서 벌어지는 일이라고 생각했기에, 연락이 오면 받고 아니면 말고였다. 생각해 보니 그 정도는 받아줄 수 있는 종류에 들어가는 친구인 듯하다.

이렇듯 같은 상황에서 같은 말을 해도 어떤 사람은 너그럽게 용서가 되거나, 별 타격 없이 지나갈 수 있는데, 어떤 사람은 아주 괘씸하고 화가 나는 경우가 있다. 친구의 깊이가 또는 거리감이 서로가 생각하는 게 다를 수도 있겠다 싶다. 나는 가까우니 이 정도는 이해해 주겠지 하지만, 상대방이 생각했을 때는 '너는 그 정도 거리감이 아니야.'라고 생각할 수 있지 않겠나? 내가 생각하는 것과 상대가 생각하는 차이는 생각보다 클 수 있다. 서로 대화를 충분히 하는 사이라 할지라도 얼마나 친한지에 대해서 묻고 답하는 친구 사이가 있을까? 이성이든 동성이든 그런 대화를 하는 사람은 많지 않을 것이다. 오히려 이성친구 간에는 이런 말로 인해서 감정이 상하는 일이 좀 적지 않나? 나 같은 경우는 그렇다. 아무래도 여자 친구들은 세세하고 미묘한 것까지 하나하나 캐치해 내서 말로 표현해 낼 수 있기에 그런 것 같다. 이성 친구들은 전혀 관심이 없다. 그냥 뭘 먹을 건지. 게임을 오늘 할 건지 말 건지. 술을 많이 마실지 말지? 여성과 남성의 차이가 있다고 본다. 그래서 말로 실수하는 경우가 많지 않았던 것 같다. 지금은 이성 친구들이 다들 장가를 가서 연락 자체를 하는 사람은 2명밖에 되지 않는다. 여자 친구들과 연락을 하고 있기는 하다만, 이제는 나도 살아온 경력이 좀 되어서 깊이가 깊지 않은 사이인데 선을 넘으려고 하는 사람이 있다면 슬며시 멀어지거나 대화를 피한다.

내 주변인이 이제는 친구가 되었는데, 우리는 과연 주변 사람들에게 어느 정도의 거리감을 두고 살아가고 있을까? 한 번씩은 되새겨 보고 인간관리를 하는 것도 좋을 듯하다.

44

가장 소중한 사람

아주 어릴 때, 경기도에 있는 한 시골 마을로 이사를 간 적이 있다. 그 전까지는 서울에서 나고 자랐는데 아파트에 당첨됐다면서 이사를 가게 된 곳이었다. 그 동네에서는 우리 아파트를 제외하고서는 몇 개의 아파트 단지만 있을 뿐 주변은 온통 푸릇푸릇한 논과 밭이 전부였다. 아주 시골로 이사를 가고 나서는 친구를 만들기가 생각보다 쉽지 않았다. 하루는 엘리베이터에서 엄마가 처음 보는 초등학생에게 인사하며 나를 소개시켰다. 그렇게 'H'와의 인연이 시작되었다. 우리는 처음부터 인연이었던지 위층 아래층 이웃이었다. 나이도 같았고 가는 학교도 같았다. 시작은 조금 엉성했지만 우리는 금방 친구가 되었고 매일 아침 등원 시간이 되면 당연스럽게 'H'를 만나서 같이 등하원을 했다. 'H'는 나에게는 처음부터 편안한 사람이었다. 여자 친구지만 무덤덤하고 털털한 타입으로 사소한 일 하나하나로 싸움이 나는 다른 친구들과는 전혀 달랐다. 거짓이 없고 순수했으며 항상 당당하고 사리분별이 밝았다. 그런 'H'가 나는 참 편안했다. 함께 있지만 말하지 않아도 그 공백이 전혀 부담스럽지 않고, 오래도록 못 봐도 언제나 만나면 어제 만났던 사람처럼 반갑고 친밀했다. 학창시절 동안에는 이런 종류의 사람이 많지 않나 하는 생각이 들었던 것도 사실이다. 사람이라는 게 워낙 다양하니까.

이런 'H'를 이해하지 못하거나 시기 질투하는 친구도 있었다. 왕따 놀이를 하려는 무리가 있기도 했으나 'H'는 굴하지 않았다. 친한 친구들이면서도 'H'의 선의를 이용해 먹으려는 친구들도 있었다. 'H'의 가정은 경제적으로 궁핍하지 않았고, 자신보다 어려운 친구들에게 베풀며 살라는 부모님의 말씀을 잘 따르는 편이었다. 자신을 이용하고 있음을 알아도 'H'는 자신이 친구라고 생각하는 사람이라면 그저 묵묵히 자신이 하고 싶은 것을 함께 소화해 냈다. 나는 곁에서 그 모습을 보면서 불편함을 느꼈었다. 앞에서는 'H'의 기분을 맞춰 주고 온갖 아양을 떨던 친구들이 뒤에서는 내 앞에서 'H'의 험담을 자주 늘어놓았다. 나에게도 동질감을 느끼지 않냐며 같이 동의를 구했었다. 학창시절 철없던 학생들 사이에서는 이런 일이 비일비재할 것이다. 나는 어느 순간 그런 친구들에게서 벗어나고 싶었다. 주변에 남는 사람이 아무도 없게 된다 하더라도 당당하게 사는 'H'가 더 좋았다.

어느 날 저녁, 나는 퇴근과 동시에 'H'에게 전화를 걸었다. 그간 뒤에서 'H'가 몰랐을 이야기들을 해 주었다. 나는 'H'가 나를 보지 않아도 할 말이 없었다. 그저 상황을 알고 원하는 선택을 했으면 했다. 그렇게 'H'와 나는 더욱 단단해지는 친구가 되었고, 26년이 지난 지금까지도 친구로서 삶을 살아가고 있다. 많은 지인들이 있고, 다양한 친구들이 주변에 있지만 'H'는 그중에서도 나에게는 마음으로 가족 같은 사이다. 'H'가 나를 어떻게 생각할지는 모르겠으나, 나는 내가 'H'를 사랑하는 친구라고 여기고 있기에 그 점도 사실은 별로 중요한 포인트가 아니다. 가장 소중한 친구라고 말할 수 있는 증거가 있을까? 그저 감성적인 말로 표현하는 게 아니라 현실적으로 생각해 봤다. 나는 가장 소중한 친구에게 어느 선까지 해 줄 수 있을까? 어느 선까지 마음이 동해 있나? 정리를 해 보니 꽤 현실적이고 객관적인 문장이 나왔다.

-가장 소중한 친구에게 해 줄 수 있는 것들.

1. 친구가 중범죄를 저질렀음을 나에게 고백했다. 그의 편에서 그를 옹호해 줄 수 있나?
2. 친구가 급하게 돈이 필요한 상황이 되었다. 수중에 있는 돈을 아무 이유 없이 줄 수 있나?
3. 친구에게 장기(콩팥 같은)를 공여할 수 있나?
4. 친구의 부모님이 상을 당했을 때, 바로 달려가서 3일장을 도와줄 수 있나?
5. 친구가 가장 괴로워서 혼자 있을 수 없을 때, 내 집에서 당분간 함께 지내며 돌볼 수 있나?

어떻게 보면 이런 질문이 식상할 수도 있고, 너무 극단적일 수도 있다. 그러나 소소한 것 누구나가 해 줄 수 있는 것들은 가장 소중한 사람이 아니고서도 충분히 가능할 것이다. 주변에 지인들에게도 좋은 말 해 주기라든가, 많이 참아 주고 이해해 주기 같은 소소한 것은 이미 하고 있다. 그 사람이 좋아서 행하는 일상적인 것들은 그 누구에게나 실현 가능하다. 그러나 극난적인 상황이 물론 오지도 않고, 진찌 서로가 친한 친구라면 부탁할 때도 1순위가 아니겠지만, 만에 하나 일이 벌어진다면 나는 아무에게나 저 5가지는 해 주지 않을 것이다. 아니, 가족과 남편, 아이를 제외하고는 저 정도로 해 줄 수 있는 상대는 없다. 살다 보면 부모님이 아프셔서 신장을 하나 떼어 주는 자식을 보기도 한다. 가정이 있고 아이가 있다면 더욱 힘든 결정이다. 한동안 병원신세를 지어야 하고, 가족 얼굴을 보기에도 미안하며, 특히나 돈이 필요해서 일하고 있는 직장인이라면 타격은 더욱 클 것이다. 장례식도 마찬가지다. 결혼식은 대부분의 사람이 간다. 안 와도 돈만 보내 준다면야 내 경사라서 즐겁기만 하다. 그러나 상을 당했을 경우에는 좀 다르다. 특히나 처음 당해보는 상이라면 더더욱 정신이 없고 마음이 많이 쇠약해진다. 그렇기에 더욱 사람의 도움이 절실한 때가 아닐까 싶다. 그만큼 내가 상대방을 얼마나 사랑하고 있는지 분명하게 깨달을 수 있다.

가장 친한 친구들이 많다? 정말 엄청난 축복을 받고 사는 인생일 것이다. 그러나 내가 나락으로 떨어졌을 때, 혹은 친구가 나락으로 떨어졌을 때 연락을 받고 부담스러운 마음이 든다면 그 사람과 나는 가장 소중한 평생의 친구는 아니지 않을까?

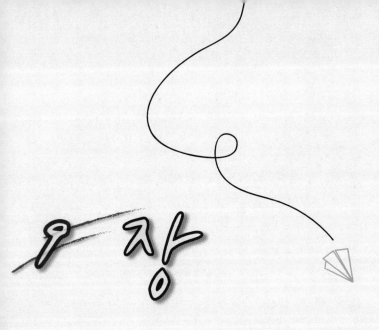

9장

나를 지켜주는 것들에 감사하기

45

내 배우자는 든든한 버팀목

지금 생각해도 나는 참 결혼을 잘 했다. 좀 특별한 케이스인데, 친구 중에 서울로 전학을 갔다가 친구들을 데리고 다시 놀라 왔다는 'Y' 군이 있다. 그 'Y'가 같이 놀자고 데려온 친구 중 지금의 남편이 있다. 우리는 정기적으로 친구들끼리 다 같이 만나서 놀았다. 가까운 구리의 공원에서도 만났고, 퇴계원 노천에서도 만났다. 신내동에서도, 공릉동에서도, 남양주시에서도 만났다. 이곳저곳 경기도와 서울을 넘나들면서 학창시절에는 싸구려 커피를 사먹고 놀았다. 그렇게 한두 달에 한 번씩 우리는 PC방도 가고 노래방도 가고 공원도 가고 온갖 수다를 떨며 시간을 보냈다.

대학을 들어가게 된 순간부터는 두세 달에 한 번씩은 민박집이나 펜션을 잡고 여행을 다녔다. 8명 10명 남짓이 되는 남녀 친구들이 다 같이 회비를 걷어서 가평, 양평, 청평, 춘천 등 여러 곳으로 여행을 다녔다. 그 외중에도 남편과 나는 사랑의 기운을 느끼진 못했던 것 같다. 그저 성향이 잘 맞는 재밌는 친구 정도? 그런데 직장을 들어가서부터 가끔 퇴근하고 함께 마시던 자판기 커피. 그 커피를 마셔야만 뭔가 오늘 하루가 정리되는 느낌이 들어서 다 같이 시간을 맞춰 커피 한잔씩 노상에서 마셨었는데, 그 **커피 맛이 달라지기 시작한 때가 온 것이다.** 남편은 그때부터 뭔가 나에게 다른 느낌을 받았다고 했다. 그렇게 친구 사이로 오랜 시간을 보냈고, 서로의 첫사랑을 알고, 서로의 가정사를 알며 다사다난했던 모든 순간을 공유했던 친구인데도 불구하고 우리는 사랑의 감정을 느끼기 시작했다.

남편은 그때 당시에 나에게 고백하면서 '아. 나는 이 여자랑 결혼하겠구나.'라고 느낌이 왔다고 한다. 나는 그 정도로 깊게 생각하면서 만나지는 않았다. 그러나 우리는 거의 6년여의 연애를 즐기다가 결혼한 것이다. 알고 지낸 지 12년 차 정도 됐을 때 연인으로 발전한 케이스다. 친구끼리는 감정이 생기지 않는 법인데, 아무래도 나는 인연이지 않았을까?

우리는 함께한 시간이 많고 친구로서 같이 놀던 시간이 길었기 때문에, 싸울 일도 적을뿐더러 서로가 취미 생활이 맞는 것이 많다. 게임을 즐겨 하고, 당구를 좋아하며, 여행을 사랑한다. 어떤 장르의 영화를 좋아하고 싫어하는지, 어떤 종류의 상황을 좋아하고 싫어하는지, 지금이 혼자 있어야 하는 시간인지 함께 있어야 하는 시간인지 숨소리와 발소리만 들어도 서로를 잘 안다. 부부금실이 참 좋다고 생각한다. 다른 사람들이 생각하는 연인의 금실이라기보다는, 매일 단짝 친구가 티격태격하면서 웃고 장난치고 함께 위로해 주고 놀고 하는 그런 느낌?

남편과 나는 성향이 정반대다. 남편은 내향적인 사람, 나는 외향적인 사람. 남편은 간접적으로 말하며 눈치가 빠르고 기억력이 좋은 사람 나는 직설적으로 말하며 눈치가 없는데 기억력이 길지 않다. 그래서 우리는 싸움이 잘 안 된다. 남편이 화가 나도 내가 기억을 하지 못하니 싸움이 되겠나? 하하하. 남편은 그래서 우리가 궁합이 잘 맞는 거라고 한다. 자기가 예민한 사람이다 보니 자기와 비슷한 사람과 같이 살라고 하면 너무 힘들 것 같다고 했다. 둔하고 둥글둥글한 나와 함께하다 보니 가끔은 복잡하고 기억하고 싶지 않은데 기억나는 것들이 잊힐 때가 있다고 했다. 나는 반대로 내가 기억을 못 하는 부분이 많아서 속상할 때가 많다. 신경을 안 쓰고 산다고들 하지만 그렇지 않다. 메모도 착실히 하고 열심히 써 놓는데, 어디에 놨는지를 기억할 수가 없다. 세상 살아가는데 크게 영향을 미치진 않기 때문에 그냥저냥 살기는 하지만, 내가 가장 좋아했던 순간, 내가 좋아했던 음악, 내가 행복했던 장소, 내가 갖고 싶던 물건 등등을 남편은 일일이 하나씩 다 기억해서 나에게 주었다. 그는 그저 기억에 남는다고 했지만, 나에게는 큰 기쁨이고 행복이었다. 우리는 이렇게 서로 다름이 만나서 하나의 완벽한 하모니를 이루는 것 같다.

물론 이해가 안 가는 부분도 없지 않아 있다. 그러나 그 불협화음의 난이도나 개수가 내 주변의 모든 이를 통틀어서 가장 적은 사람이 남편이다. 그래서 나는 남편의 말을 많이 신뢰한다. 남편은 언제나 든든하게 나를 지탱해 주려고 노력하고 언제나 함께 행복하게 살기 위해서 노력하고 있다. 코로나가 터지면서 정말 많이 힘들어지긴 했지만, 언제나 함께 미래를 설계하기 위해서 낮밤 없이 고군분투하고 있다. 그런 점이 나는 참 좋다. 그저 무덤덤히 나를 위해 살고 있다고 해주는 사람. 내가 불행하면 다 필요 없다고 해 주는 사람. 그런 사람이 내 남편이라서 나는 지금의 삶이 평안하고 행복하다.

46

너무 소중한 내 자식

나는 남편과 연애를 오래 했다. 오랜 연애기간 중에도 임신을 한 번도 한 적이 없어서 우리는 '우리가 난임일까?', '우리 불임일 수도 있겠다.' 하는 고민을 했었다. 나중에야 안 사실이지만 처음 우리가 아이를 가졌다는 말을 양가 어르신께 드렸을 때, 말은 못 하셨지만 애가 안 생기는 것 아닐까 하는 고민으로 속을 끓이고 계셨다는 말을 들었다. 결론적으로 우리는 난임이나 불임이 아니었다.

결혼식을 하고 그다음 날, 우리는 유럽으로 신혼여행을 가기로 했다. 신혼여행지에서 처음으로 피임을 하지 않고 신혼의 밤을 즐겼다. 그리고 20일 뒤, 나는 내가 임신했다는 걸 알게 되었다. 나름 예민해서 임신 착상 때 알게 되었다. 그렇게 첫 임신에 양가 어르신은 매일을 설레는 마음으로 계셨고, 주변에 결혼한 친구도 없었을뿐더러 아이가 있는 집도 없었으니 내 새끼는 내 주변에서 첫아이이자 첫정으로 엄청난 사랑과 축복을 받았었다.

자기 복을 자기가 갖고 태어난다고 그러나? 내 자식 유러비는 태어나기도 전부터 온갖 선물을 받았다. 자기 방이 이미 있었으며, 아이를 위한 전동식 기계들까지 전부 준비되어 있었다. 조카를 사랑하는 마음을 표현해 주는 지인들과 이모 고모도 있었다. 그렇게 유러비는 세상에 태어나기만 하면 되었다. 아이가 태어나고 나서도 많은 사랑을 받았다. 참착하고 똑똑하게 자라고 있는 중이다. 엄마나 아빠가 아프면 물티슈를 물에 절여서 가져와서는

"누워있어야 돼. 열을 내리려면 이마에 이걸 대야 되는 거라고 호기심 빵빵에서 봤어."

아이는 그렇게 사랑의 방법을 배워서 다시 나누어 주고 있었다. 나를 사랑해 주는 사람, 무조건적으로 나를 사랑해 주는 사람. 무엇을 잘하든 못하든 나만을 바라보는 사람이 세상에 한 명 생겼다는 사실이 이 세상 부모들의 마음을 따뜻하게 만들어 준다.

어렸을 적에 가끔 나는 이런 질문을 아이에게 할 때가 있었다.

"유러바, 유러비는 그 많고 많은 엄마, 아빠 중에서 왜 우리한테 왔을까?"

그러자 아이가 해 주는 말에 우리는 울컥했다.

"내가 원래는 하늘의 천사였어. 그런데 하루는 구름 아래를 내려다보고 있는데, 엄마랑 아빠가 너무 좋아 보이는 거야. 그래서 내가 아기가 되어서 더욱 행복하게 해 주려고 선택해서 엄마 배 속으로 들어갔어."

아이의 상상력도 상상력이지만, 엄마 아빠를 본인이 선택해서 왔다는 말이 우리 부부는 그렇게도 감동적이었다. 수많은 사람 중에 자신이 고르고 골라 부모를 선택해서 왔다는 말. 우리를 선택해 주어서 너무너무 고맙다고 사랑한다고 말해 주면서 뽀뽀 세례를 퍼부어 주었다.

아이를 키우면서 이렇게 여러 단편적인 기억과 추억이 우리를 성장시키고 있다. 지금도 그 성장은 계속되는 중이다. 어른이 되면, 내가 모르던 것을 다 알게 될 거라 생각했다. 내가 이해할 수 있는 것이 많아지고, 내가 갖게 되는 것이 무조건적으로 커질 거라고 생각했다. 그치만, 정말 어른이 되는 첫 번째 관문은... 아이를 키우는 것이었다. 한번도 생각해 보지 못한 부모의 역할에서 어떨 때는 형용할 수 없는 기쁨과 행복을 느낀다. 그러나 또 어떨 때는 도망치고 싶을 정도의 괴로움과 슬픔을 느낄 때가 있다. 그렇게 엄마와 아빠의 마음과 인생을 이해하게 되고, 세상의 이치를 다시 바라보는 하나의 시점이 되더라.

내가 혼자 있는 시간을 즐기는 반면, 아이는 어릴수록 엄마와 함께 있고 싶어 한다. 화장실까지도 함께 있고 싶어 할 정도니까. 어떨 때는 그런 삶이 조금은 버겁고 지치기도 한다. 그렇지만, 아이와 함께 있는 순간이 너무 행복하고 소중해서 고민할 필요도 없이 아이와 함께하는 삶을 선택할 수밖에 없다. 내가 혼자가 아니어야 하는 순간에 언제나 눈을 맞춰 주는 사람. 내가 혼자 있고 싶은 순간에는 조용히 곁에서 있어 주는 사람. 나이를 먹어가면서 아이는 그렇게 엄마의 시간과 엄마의 인생을 맞춰 주고 있더라. 나는 언제나 내 아이를 보면서 많은 것을 알게 되고 많은 것을 다시 보게 된다. 내가 원래 보던 세상이 아이와 같은 시각으로 바라봤을 때, 색다른 관점으로 느껴진다. 내가 알던 사실을 아이에게 전해 주려고 할 때면, 내가 어떻게 사고하고 살아왔는지가 고스란히 아이에게 전달된다. 그렇기 때문에 당연하다고 생각하던 것을 다시 한 번 생각해 보게 되더라.

누구에게나 자신의 아이는 소중한 법이다. 상황에 따라서 그렇지 않은 사람도 있긴 하겠지만, 보편적으로는 내 자식은 누구보다 귀하다. 귀한 자식을 아름답게, 행복하게 키우기 위해서 많은 공부가 필요하다. 생존 지식은 물론이고 사회적 규범과 도덕성도 필수적으로 필요하다. 아이의 주변을 생성하게 되었을 때, 사람을 구별하고 이해하기 위해서는 사회성과 도덕성, 인내심과 인성은 필수적으로 가르쳐 주어야 한다. 지식의 중요성도 물론 필요하지만, 지식만으로는 아이의 미래의 사회적 기틀을 만들어 줄 수가 없다. 오늘도 그렇게 많은 부모가 아이에게 전해 줄 것이 무엇인지 공부하고 있을 것이다.

47

사랑하는 가족들

어렸을 적은 너무나 궁핍하고 버거운 삶을 살아내야 했기 때문에 우리 가족은 날카로운 사람들이었다. 잡초같이 살아남아서 세상을 울타리 없이 견뎌 올라서야 하는 그런 사람들. 말로써 때로는 상처를 주고, 풍부한 감수성으로 서로 울고 웃고 화해하는 상황이 반복이었다. 조금씩 변화하기 시작한 것은, 아마 내가 결혼을 준비하면서인 것 같다. 나는 남편과의 결혼식을 혼자서 천천히 1년 반 개월 전부터 준비를 했다. 오랜 시간 준비하면서 많은 것을 공부하고 배우기도 했지만, 떨어져 살게 된다는 이유가 변화의 첫 번째가 되었다. 싸울 시간도 많이 남지 않았는데, 가족과 싸워서 남는 것이 무얼까 하는 생각으로 말을 참았다. 말을 참다 보니, 곱씹고 되씹는 상황이 잦아졌다. 홀로 생각하면서는 어떤 말이 가족에게 듣기 아팠을까 하는 것을 고민하게 되더라. 그렇게 천천히 나부터 변하려고 노력했다.

이제는 우리가 서로를 사랑하는 마음만은 굳건한 것을 안다. 생각이 다르고 상황이 달라서 이해하지 못하는 것은 어쩔 수 없다. 서로에게 피해를 주고 싶지 않아 하는 마음도 같을 것이라 생각이 든다. 그저 우리 가족이 싸우게 되는 이유는 '말'. 바로 '말' 때문이다. 아직도 비슷한 상황이 연출되기는 한다. 아무래도 가족 간에는 같은 유전자를 공유하고 있어서, 말투나 생각도 비슷하다. 좀 우회적으로 말하고 상대의 기분을 먼저 살피는 것. 그것이 좀 부족한데, 우리는 그 점을 서로 잘 알고 노력하고 있다.

특히나 나는 남편의 영향이 크긴 하다. 남편은 우회적으로 말하고 눈치가 빠른 사람이다. 그래서 남편과 대화하다 보면 남편은 내가 '극단적으로 말하는 것 같다'라고 말하고 나는 남편이 '답답하다고' 생각한다. 성향이 다르기 때문이다. 그런데, 직설적인 화법을 사용하는 사람들 틈에 있는 나로서는 확실히 우회하는 말하기를 사용하다 보면 오히려 싸움을 피할 수 있어서 마음이 편안하다. 남편이라서 다른 성향의 사람에 대해서 배우기 용이하다. 나를 지금으로서는 가장 잘 이해하고 살펴주는 사람이라서 더욱 그렇다. 나는 사랑하는 나의 가족을 위해서 지금까지 살아온 방식과는 다른 방식으로 사고하고 행동하고 말하려고 노력하며 사는 중이다. 아이에게도 '행복한 가정은 이런 가정'이라는 것을 보

224

여 주며 살고 싶다. 노력해서 될 수 있는 부분이 있다면 서로의 행복을 위해서 내가 먼저 변하면 된다. 그렇게 나의 엄마와 동생은 조금씩 매년 변화하고 있음을 느낀다. 세상에 노력 없이 행할 수 있는 게 과연 있기나 할까? 그렇게 생각해 보면 가족 간에 불화가 있다면 내가 먼저 노력해 보는 게 덜 억울할 일이다.

물론 대화가 아예 통하지 않는 가족도 있을 것이다. 그래서 절연을 하거나 만남의 횟수를 줄이는 사람도 있을 것이다. 사람마다 살아온 환경과 생각은 다를 테니까. 다행히 나의 경우는 노력을 하면 할수록 주변 가족도 함께 맞추어 변화한다는 사실이다. 함께 사는 세상이라는 말이, 사회뿐만 아니라 가장 가까이에 있는 가족에게도 통용된다는 사실을 나이를 먹어가면서 절실히 느끼고 있다.

48

참 좋은 사람들 (시댁)

아직도 세상살이를 예전처럼 어렵고 슬프게 사는 사람들이 있기는 하다. 사람 사는 곳에 이런저런 일이 없을 리가 없지. 그러나 살다 보면 사는 게 참 별거 없다고 하는 어르신들이 있다. 막상 살아보니, 그렇게 치열하게 부딪히고 강렬하게 불태우듯 살았는데 죽음을 목전에 두고 나니 다 부질없다고.

어렸을 적에는 사실 이 말이 마음에 그닥 와닿지 않았다. 내 마음 내키는 대로 살았고, 또 그렇게 살고 싶었기에 누군가가 하는 말들이 나의 생각과 다르다면 듣지도 않았다. 그런데 사람 일이라는 게 살면서 점차 순응하고 적응하게 되는 거더라. 얼마 살지 않은 적은 나이이긴 하지만 그래도 20대 때와 30대 때의 이해력은 다르다.

처음에 시댁 어르신을 뵈었을 때에는 서로 너무나 다른 환경과 가치관으로 인해서 삐그덕거림이 있었다. 꽤 오랜 시간 있었던 것 같다. 좋든 싫든 한 가족이 되었으니, 꾸준히 만나 뵈기는 하지만 잦지 않게 가려고 노력한 적도 있었다. 가면 갈수록 보지 않아도 되는 것들을 서로 보게 되고 알지 않아도 되는 것까지 알게 되는 것 같아서 말이다. 상대방이 나에게 맞춰 주기를 바라는 마음만큼이나 모자란 마음이 또 어디 있을까. 아무래도 더 삶을 살아온 어른인 시댁 어르신들은 나에게 본인들과 맞지 않아서 불편한 부분을 대놓고 말씀하신 적이 한번도 없으시다. 물론 남편에게 말을 해서 내가 고쳐 주기를 바라는 부분이 있었다고 한다. 그러나 나는 내가 물러설 수 있는 부분은 내 선에서 최선을 다해 (어르신들 마음에 흡족하지 않을 수 있다.) 맞췄지만, 물러서고 싶지 않은 부분들은 한국 정서에 어긋난다 해도 하지 않았었다.

그렇게 우리는 남편과 연애하면서 맞춰갔던 관계를 다시 시댁 어르신과 함께 조율하고 맞춰가는 시간이 필요했다. 나는 너무 개방적이고 개인주의적인 사람이었고, 어르신들은 보편적인 한국 유교 사상이 옳다고 생각하시는 분들이셨다. 그래도 어머님이나 아버님은 직설적으로 말로 표현하신 적이 별로 없으시다. 항상 참는 편이셨고, 남편을 통해서 이야기를 전달하시는 방법을 선택하셨다. 그래서 나는 시댁 때문에 마음이 상했거나 다친 적은 거의 없다. 우리가 살아오고 교육받은 환경이 꽤 다르기 때문에 어떤 부분을 옳다고 주장하는 것은 어리석다고 생각했다.

이런 생각을 따라와 주시고 며느리도 항상 챙겨 주시려고 하셔서 점차 일정 부분은 뜻에 맞추어 양보해 드리게 되었다.

평상시에 자주까지는 아니어도 아이를 낳고 나서는 금덩이 손주를 예뻐라 해 주시니, 감사한 마음으로 한두 달에 한 번씩은 꼭 찾아뵙는다. 찾아뵈어도 나는 이미님 살림에 손을 댄다거나, 불편하게 서 있고, TV 속에서 갈등 요인으로 보이는 그런 역할은 하지 않는다. 어머님 아버님이 먼저 편하게 누워있어라 혹은 쉬어라 해 주시고 손주와 함께 놀아 주신다. 배가 고파지면 어머님이 밥을 하기보다는 나가서 사먹자 하든가 배달음식을 시켜 먹는 편이다. 어머님도 며느리 눈치가 보인다고 차라리 나가서 사먹거나 시켜 먹는 게 편하다고 해 주시니, 우리는 만나도 딱히 싸울 일이 없다.

밥값을 서로 내겠다고 옥신각신할 때마다 우리도 사드리고 싶은 마음을 표현하는 것이긴 하지만, 시댁 어르신도 본인들이 자식을 위해서 사시는 모습이 보이는 것 같아 기분이 더욱 좋아진다. 생신이 되면 항상 얼마 안 되는 돈이지만 봉투에 넣어서 돈을 드린다. 식사를 한 끼 하는 것은 당연한 것도 아니고, 먼저 말씀하시지도 않는다. 그저 남편과 내가 시간이 되면 당연히 으레 식사를 한 끼 하며 축하를 드린다. 내 생일이 되면 어머님이 돈을 선물로 송금해 주신다. 오고 가는 마음이 있어서 그런가 기분이 참 좋다.

TV에서 으레 보이는 고부갈등을 일으키는 잦은 전화도 없다. 필요한 용건이 있으실 때만 전화를 하시고, 간단하게 용무를 말하면 전화를 끊으신다. 문자나 카톡으로 해도 좋으실 듯하긴 한데, 생각보다 전화가 편하다고 하시니 전화로 받는다. 바쁘거나 아픈데 전화가 오시면 나는 전화를 받지 않는다. 그리고 문자로 사정 설명을 드린다. 아마도 기분이 나쁘실 듯도 하신데, 상황을 들으시면 이해를 하시고 딱히 서운하다는 기색도 나에게는 드러내지 않으신다. 이런 부분을 보면 참 이해도 많이 해 주시고 배려를 많이 해 주시고 계신다는 생각이 들 때가 많다.

모두가 그렇지는 않겠지만, 요즘은 많은 어르신이 상대방을 배려하고 많이 생각해 주시려고 하신다. 물론 그렇지 않은 분도 있긴 하지만... 나도 그렇고 다른 사람도 그렇고 요즘은 다들 본인이 할 말이 있으면 최대한 윗사람에게도 표현하려고 한다. 참는 것이 능사는 아니라고 배우기도 했고, 남녀를 가르지 않는 세상이 되었으니 더더욱 그렇다. 나도 내 생각이 강고하게 다르다면 시부모님께 나는 생각이 다르다는 부분을 말씀드린다. 어머님 아버님은 처음에는 그 부분이 참 당돌하다고 여겨졌을 것이다. 때와 장소에 맞게 말을 표현하는 것이 중요하다. 그저 솔직하게 말하는 것은 건방지고, 꼭 시댁 어르신이 아니더라도 다른 친구였어도 기분이 상하는 것은 매한가지일 것이다. 의견을 서로 잘 표현하고 대화하고 이해하면서 남은 시간을 가족으로서 살아가는 것이 행복한 가족 사이로 살아가는 길이라고 생각한다.

아주 편하지는 않지만 아주 편한 것도 문제, 아주 불편한 것도 문제가 아닐까? 다 큰 성인이 엄마랑 사는 것도 불편할 때가 있는데, 하물며 다른 사람과 가족이 되어서 사는 것은 더욱 불편한 게 당연하다. 서로 위하는 마음을 알고, 내가 먼저 배려하고 양보하는 과정을 통해 상대의 양보를 이끌어 내는 것. 대화가 잘 통하지 않을 정도로 나이가 있으시다면.... 좀 어려울 수 있겠지만, 그래도 시도는 해 봐야 하지 않을까? 내가 시도해 보는 거랑 아무것도 하지 않고 누군가가 도와주기를 바라는 것은 다르니까.

49

가장 친한 친구들

내가 혼자 있어도 외롭다고 느끼지 않는 이유가 뭘까? 남편과 자식이 가장 큰 이유겠지. 언제나 마음을 여유롭게, 삶을 따듯하게 살 수 있도록 해 주는 사람들이다. 가장 가까이에 있으면서 행복을 많이 주는 사람들. 그런데 아주 가끔은 예전처럼 중요하지 않은 이야기를 나누면서 시간을 함께 보내도 전혀 그 시간이 아깝다거나 불편하지 않게 해 주는 사람도 있다. 나에게는 그런 사람이 몇 명 있다. 많지는 않지만, 그런 사람이 주변에 많다면 내가 외롭고 싶을 수도 있는 순간이 오지 않을까?

내가 호주에서 살고 있을 때, 친구들과 거의 단절된 상태로 연락하지 못했던 적이 있었다. 거의 무일푼으로 시드니에 가서 일을 하며 살았는데, 그 흔한 인터넷 비용도 비쌌고, 국제전화는 더더욱 비싸서 매달 선

불요금제를 사서 아껴가며 살았었다. 엄마나 동생에게 전화하는 비용마저도 아끼는 찰나에 친구들에게 연락한다는 것이 생각보다 돈을 아껴야 하는 상황에서는 쉽지 않았다. 대부분의 친구가 이 시기에 몸이 멀어지니 마음에서도 멀어지고 그간 있었던 상황을 연락하면서 교류하지 못하다 보니 대화가 이어지게 될 리도 없었다. 학교를 마치고 몸이 아파지면서 다시 국내로 돌아왔을 때, 나에게 남은 이들은 정말 몇 명 되지 않았다. 내가 망했거나, 나쁜 일을 당한 것도 아닌데 이미 나는 인간관계의 가지치기가 되어 있더라. 그러나 몇 명 남은 친구들은 나를 환대해 주며 공항으로 나와 주었다. 입국하는 나를 기다리면서 차를 주차시켜 놓고 그간 못 봤던 것이 하루 이틀밖에 되지 않은 것처럼 인사하며 서있었다. 몇 년을 못 만났던 사이임에도 어제 만났던 사이인 것처럼 우리는 웃고 떠들며 서로의 안부를 물었다.

내가 무얼 했고 어떻게 살았고, 그들은 하나도 궁금해하지 않았다. 그저 "잘 왔다", "이제 외국물 먹은 사람이네." 등등 실없는 농담을 쏟아내며 한잔하자는 말만 했다. 나는 그렇게 나에게 남은 친구 중 소수의 사람이 죽을 때까지 곁에서 함께 삶을 살겠구나 하는 생각이 들었다.

우리는 여행을 같이 다니기도 했고, pc방을 전전하기도 했으며 당구장에서 당구를 치고 놀기도 했다. 밤에 야경을 보며 커피를 마시기도 했고 술집에 들어가 술을 한잔하면서 웃고 떠드는 것도 좋아했다. **딱히 무언**

가를 하지 않아도 그저 같이 한 공간에 있다는 사실만으로도 즐거웠다. 나이를 먹고 우리는 무엇이 되어 있을지, 돈을 많이 벌어 놓고 있을지 등등이 궁금하지 않았다. 그저 건강하게 곁에서 웃으며 하루하루를 충실하게 살아감에 기분이 좋았었다. 함께 있어도 꼭 무언가를 하지 않아도 조용히 있는 그 순간까지도 평안함을 느끼는 사이였다. 만나려고 노력하지 않아도 서운하지 않은 사이. 말실수를 해도 본심이 아닐 거라고 생각되는 그런 사이. 사람이 살다 보면 이런저런 일들로 인해서 잠시 실수할 수도 있다고 믿는 그런 사이였다.

어떤 친구는 결혼해서 아이를 낳았고, 어떤 친구는 솔로를 즐기며 살고 있다. 무엇 하나 인생에 정답이 없기에 우리는 그렇게 인생의 마흔 줄을 향해서 나아가고 있었다. 옳고 그름을 판단하지 않고 서로의 인생에 정답을 제시하지 않는다. 함께 있어도 혼자 있어야 하는 시간을 갖기도 하고 혼자 있어도 같은 하늘 아래 살고 있음에 외롭지 않음을 느낀다. 물론 이런 느낌은 상대적인 것이라서 내가 소중하다고 생각하는 친구들도 나와 같은 생각을 하고 있을지는 미지수다. 그렇다 하더라도 나는 죽을 때까지 이 친구들과 함께 늙어갈 것임을 확신하고 있다.

대학생 때 만난 친구도 있다. 대학교에서 만나게 되어서 인연을 꾸준히 유지하는 몇 명. 나머지 친구들과는 다르게 먼저 연락하지 않아도 알아서 안부를 물어봐 주고, 내가 먼저 연락해도 전혀 부담스러워하는 기색을 내비치지 않는 친구들. 다들 결혼하고 아이가 있는 몸이라 전국 각지에서 만나는 것은 어려워 못 하지만, 가끔 연락을 주고받으면서 반가움을 대신한다. 앞서 말한 친구들과는 다른 느낌의 지인이기는 하지만, 나의 삶을 윤택하게 만들어 주는 친구 중 하나다. 대학생 시절의 추억거리를 꺼내어 다시 되짚어 가면서 나는 추억거리가 다시 생동감 있게 살아 움직이는 듯한 느낌을 받는다. 벌써 중년이 다 되어가는 나인데 예전의 추억이 생각남과 동시에 그 당시에 느꼈던 젊음과 에너지가 다시금 차오르는 느낌을 받기도 한다.

내가 홀로서기를 하면서도 되새길 수 있는 추억이 있고, 그 추억을 공유할 수 있는 사람들이 있다는 사실은 혼자 사는 인생이 얼마나 값지고 뿌듯한가 하는 감정을 불러일으킨다. 꼭 타임머신을 타고 예전으로 돌아가 청춘의 시간을 즐기는 듯한 묘한 느낌을 받는다. 인연이라는 것이 이렇듯 내가 의도하지 않아도 순리대로 흘러가고, 억지로 만들려 해도 만들지 못한다는 것을 세월이 지나감에 따라 더욱 절실히 알게 된다. 그래서 더욱 좋다. 모르는 것을 하나씩 알아가는 늙어 감이 나는 좋을 때가 많다.

50

코코야 고마워

강아지 키우는 일이 생각보다 버겁고 힘들다는 걸 다들 알겠지? 그러면서도 예쁜 강아지들을 보면 귀여워서 사족을 못 쓰는 게 우리 아닌가? 생명 하나를 거둬 키우는 건 많은 책임감을 야기한다. 그래도 혼자 살 때는 강아지를 키우는 것이 힘들다는 생각보다 기쁘고 사랑스럽다는 생각이 더 많이 든다. 나는 토이 푸들 한 마리를 분양 받아서 키우고 있다. 처음에 아기 때부터 데려와서 키우는 중인데, 첫아이를 임신했을 때, 아이랑 함께 키우려는 목적으로 코코를 입양해 봤다. 배 속에서 아이가 막 움직이고 있을 때, 코코는 내 배에 귀를 갖다 대고는 자곤 했다. 아이와 함께 커서 유순하게 잘 자라 주었고, 아이도 짖는 코코 소리를 들으며 태교해서 그런가 세상 밖으로 나왔을 때, 강아지를 보고 웃어 주었다.

처음에는 코코의 예쁜 점만 보였다. 작고 귀여운 아기 멍멍이를 키우는 것은 오줌, 똥을 아무 곳에나 싸도 혼낼 수조차 없게 그만큼 소중하다. 강아지가 성견으로 자라가면서 벌어지는 오만가지 사태들. 혼자 집에서 다 처리해야 하는데 생각보다 너무 힘들어서 괴로웠다. 그 와중에 아이가 태어나면서 상상치도 못했던 상황이 엎친 데 덮친 격으로 벌어졌다. 잠이 너무 부족한 와중에 양쪽에서 대소변을 싸고, 밥을 먹이는데 같이 한입씩 주고받으며 먹는다는 것. 강아지와 아이를 동시에 케어한다는 건 엄청나게 힘든 일이었다. 내가 미리 이런 상황을 자세하게 알았더라면... 아마도 아이가 좀 더 큰 후에 강아지를 들였을 텐데... 후회는 아무리 빨라도 늦었다.

그런데 키우다 보니 서로 간에 요령이 생기더라. 아이도 자라면서 코코에게 양보도 하고 사랑해 주고 밥 주고 씻겨 주는데 더욱 감수성도 좋아지고 배려심도 좋아지는 상태로 성장하게 되었다. 그런 모습을 보다 보니, 말썽을 부려도 이제는 혼낼 수조차 없는 정말 완전한 내 식구가 된 코코. 코코도 그 마음을 잘 느끼는지, 집에서 혼자 있는 날이 많은 나에게 항상 곁에 와서 자신의 몸을 딱 붙이고는 편한 자세로 눕는다. 자신을 만지라는 듯이 내 손을 툭툭 치기도 한다. 먹고 싶은 게 있으면 내 몸을 핥기도 하고, 물 쪽으로 가서는 물이 없다는 말로 '멍멍' 하기도 한다.

'그래. 강아지여도 할 말은 다 하는구나. 니가 말을 못해서 그렇지 말까지

하면 그냥 사람이겠다. 눈으로, 입으로, 발로 의사표현은 다 하는구나.'

그간에는 내가 아이를 케어하느라 몰랐던 행동과 모습이 아이가 제법 크고 나니까 눈에 보이기 시작했다. 그간 말을 해도 주인이 못 알아들으니 코코도 참 많이 서운했겠다는 생각이 들었다. 그래서 일부러 소파에 발을 들고 오줌을 싸기도 하고, 침대에 똥을 싸 놓기도 했나 싶더라. 그 때마다 그 마음도 모르고 나는 신세 한탄을 하면서 코코를 나무라기 일 쑤였는데 이제는 하나하나 다 보이니 마음이 저릿하는 순간도 있다.

인간이 너무 외로워지면 미친다고들 하던데, 그래서 시골에서는 어르신들이 다들 개 한 마리씩은 키우나 싶기도 하다. 강아지는 분명 사람과는 전혀 다른 동물이지만, 이상하게 사람과 교감이 잘되는 동물 중 하나다. 내가 커피 한잔을 마시는 순간에도 코코는 내 곁에서 나를 바라보고 누워있다.

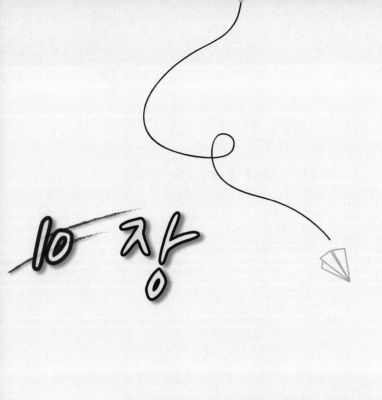

10 장

혼자만의 세상은 아니지만

51

사람들 속에서 나를 지키는 방법

요즘은 많은 강연자가 강연을 통해서 사람이 행복하게 사는 방법, 혹은 관계 속에서 상처받지 않는 방법에 대해서 다양한 정보를 전달한다. 나도 소셜을 통해서 많은 유명인의 강연을 듣고 있기는 하지만, 어떨 때는 의구심이 들 때가 있다.

'과연, 저 사람이 말하는 저 방법들이 옳은 것일까?'
'상황도 환경도 성향도 다 모두가 다른데, 일관되게 한 가지 결론만 가지고 모든 이에게 통용시켜도 되는 걸까?'

어떤 사람은 말로 표현하는 것이 부담스러울 때가 있다. 마음의 이야기들을 마음속에만 두지 말고 표현해야 한다는 사람들이 있는데, 항상 내 마음의 감정을 밖으로 쏟아 내는 게... 맞는 걸까? 말로 표현하려고 할 때 감정이 너무나 불편한 사람이 있다. 입 밖으로 말을 하면서도 상대의 눈치를 보고 더욱 상황이 불편해지는 사람도 있다. 모두 '나'라는 초점에서 오히려 밖으로 벗어나면서부터는 불편한 상황이 진행되는 것이다.

또 나처럼 결혼 전에는 외향적이고 직설적으로 말하는 게 편했지만, 아이를 낳고 나서는 직설적으로 말하는 사람을 피하려 하고 나도 우회적으로 말하거나 말을 굳이 다 하지 않는 편을 선택하는 사람도 있지 않을까? 사람이 이렇게 살다 보면 변하기도 하는데, 어느 한 방법이 맞는다고 말하는 것은 성급한 일반화가 아닐까 싶다.

이렇게 말로 표현하는 사회로 쑥쑥 자라다 보니 사람들이 전부 불편한 이야기를 불편하게 하려고 노력한다. 그 말을 듣는 사람 입장에서는 더욱 화가 나거나 속상하다. 우리는 그렇게 불편한 사람들이 되어 가면서 서로가 서로의 입장을 배려하기보다는 내 입장을 전달하는 데 초점이 맞춰져 관계 속에서 불편함이 계속 쌓이는 게 아닐까 싶다.

이런 생각을 하다 보니까 나는 나를 배려하는 방법으로 그릇되게 표현하는 사람들 이야기는 안 들으려고 노력한다. 나를 배려하면서 불편한 이야기를 꺼낸다 하더라도 본인이 말하면서 본인 얘기에 심취해 버리거나 화가 돋워지면, 결국은 자신을 배려해 달라고 나를 꾸짖는 상황 밖에 되지 않는 듯하다. 가족은 어쩔 수 없이 내려놨다. 안 보고 살 자신이 없으니. 그러나 가족 이외 지인을 만날 때는 최대한 사람을 가리려고 노력한다. 아무래도 그렇다 보니 주변에 지인이 아주 다양했지만, 이제는 몇 남지 않았다. 그래도 그 몇 안 되는 지인들 사이에서 마음의 평화를 얻고 있다. 숨 쉬는 것처럼 중요한 것이 타인에게 휘둘리지 않는 '나의 정신, 마음'이 아닐까?

52

슬픔과 고통을 이겨내려면

내 뜻대로 되지 않는 상황이 살아가면서 참 많은 것 같다. 직장에 다니면서 부딪히는 수많은 일은 뜻대로 되지 않기는 하지만, 무언가 목적성이 있었고 보람이 있었다. 나는 아이들을 가르치는 영어 강사였다. 뜻대로 되지 않는 일이 얼마나 많겠는가? 부모도 자식 공부를 못 시키는데, 하물며 타인이 가르친다는 것은 어려운 일이 맞다. 그럼에도 성적이 오르는 아이들을 보면서 많은 보람을 느꼈고, 외고나 특목고에 들어가는 아이들을 보면서도 소기의 목적을 달성했다는 보람에 행복했었다. 그런데 주변 사람과의 마찰은 사람이 바뀌어도 계속 있었고, 장소가 바뀌어도 또 다른 형태로 나에게 왔다. 결국은 피할래야 피할 수 없는 것들이 있다는 사실을 받아들일 수밖에 없었다.

대학교 시절에는 알게 모르게 겉모습만 보고는 뒷말들이 돌았다. 짙은 화장을 하고 말투가 직설적이어서 '무서운 사람'이러든가 '건들면 피곤하다'라는 등의 오해가 소문으로 돌 때도 있었다. 나는 영어교육과 국어교육을 동시에 복수전공 중이어서 동기들과 함께 추억을 쌓고 놀러 다니는 시간이 정말 적었다. 해야 할 과제가 산더미였고, 각 과 특성상 두 가시를 함께 전공하려고 욕심을 내는 나를 교수님들도 마땅찮아하는 분들이 몇 분 계셨다. 학점을 받아야 하는 그때의 내 입장에서는 어디다 싫은 소리 한번 못하고 교수님들 눈치를 보면서 학점을 계속 유지해야만 했다. 복수전공은 일정 학점을 계속 유지해야만 졸업장에 두 개가 나오기 때문이다. 이때도 참 내 맘처럼 세상일이 잘 풀리지는 않았던 거 같다.

그럼에도 나는 포기하고 싶지는 않았다. 뒤로 물러나는 것도 싫었고 이런 상황이 올 때마다, 내가 기댈 수 있는 좋은 친구 혹은 지금의 남편이 항상 있었다. 나는 그들에게 숨기는 것 없이 다 말했고 항상 위안을 받아왔다. 슬픔이나 고통을 이겨내는 가장 좋은 방법? 그 방법은 사람에 따라 다르지 않을까? 나는 다양한 방법들로 나의 삶을 평안하게 이끌어 가려고 노력하는데, 그중 가장 최고로 치는 방법은 남편(혹은 가장 친한 친구)에게 마음을 털어놓고 위안을 얻는 것이다. 말하면서 풀리지는 않지만, 내 가까운 사람이 나를 위로해 주고 내 편이 되어 주는 것을 느끼는 순간, '이 세상에 그래도 나를 사랑해 주고 아껴주는 사람이 있구나'

하는 마음과 '도움을 주는 사람이 있는데 잘 해결해 낼 수 있을 거야' 하는 마음이 동시에 든다.

주변에 사람이 많지는 않지만, 나를 위해 달려와 줄 사람 한 명 정도는 만들어야 하지 않을까? 내가 즐거울 때는 혼자 있어도 즐겁고 좋지만, 내가 힘들 때는 혼자 있으면 안 된다는 게 내 생각이다. 힘들 때 혼자 있게 되는 것만큼 인간에게 해로운 것은 없다고 한다. 안 좋은 생각을 하고 꼬리에 꼬리를 무는 상상을 하게 되면서 결국 나락으로 끌어내리는 것은 자기 자신이기 때문이다.

53

혼자 살아보기

다 큰 성인이 부모와 함께 사는 것은 서로에게 힘든 일이 아닐까 싶다. 함께 있기 싫다기보다는 서로의 라이프 스타일이 달라지기 때문에 모르면 좋게 지나갈 일이 눈에 보이고 귀에 들리다 보니 일이 커지는 상황이 왕왕 생긴다. 가장 좋은 선택지는 스스로 돈을 벌어서 부모님 집에서 멀지 않은 곳에서 혼자 살아보는 것이다. 혼자 살면서 얻는 자유는 내가 지불해야 할 많은 사회적 책임감과 비등하기 때문이다.

내가 자식을 낳기 전에는 잔소리가 심하던 엄마의 모습이 이해되지 않았었다. 그래서 어떻게든 엄마와 마주치는 시간을 줄이고 싶었고, 조금 떨어져서 살고 싶었었다. 그래서 나는 기숙사가 제공되는 학원에서 일한 적도 있었고 지금의 남편과 동거하기도 했다. 계속 혼자 살다 보니 엄마와 하는 전화는 애뜻할 수밖에 없었고, 매일 마주치지 않다 보니 서로의 근황을 물어보는 정도에서 마무리되는 게 참 좋았다. 엄마도 처음에는 어린 딸 혼자 나가서 산다고 하니 절대 안 된다고 하셨지만, 결국 자식을 못 이긴다고 엄마도 허락하실 수밖에 없으셨다.

마냥 자유롭고 행복하기만 한 것은 아니다. 집세와 식비는 생각 외로 많이 들었다. 거기다가 따로 사는 순간부터는 보험료와 핸드폰비까지 모르고 살았던 부분을 다 가져오게 됐다. 돈을 벌면서도 자동차세랑 보험료, 기름값, 경조사비까지 챙기다 보니 정말 생활비가 빠듯했다. 결혼 전이어서 돈을 저금하기도 했는데, 이건 뭐 돈 버는 거지가 따로 없더라. 그렇다 할지라도 나는 독립적이고 개인주의가 강한 사람이라서 아껴 쓰고 아껴 먹을지언정 자유를 포기하는 것은 죽기보다 싫었다. 처음에는 반대하면서 싫어하던 엄마도 어느 순간부터는 그동안 잊고 살았던 '여자'로서의 삶에 다시금 눈을 뜨게 되셨다. '애 엄마'로만 살면서 빨래하고 밥하고 설거지하며 모든 집안일을 도맡아 하시던 엄마가 그간 사는 게 바빠서 지나쳤다고 한다. 그런데 입 하나가 떨어져 나간 것이 생각보다 삶의 여유를 많이 주는 것이다. 빨래가 줄고 먹거리를 덜 해도 되고, 세금이나 자식 하나를 키우면서 내던 돈이 줄다 보니 엄마도 점점 여유가 생기신 것이다.

이렇듯 혼자서 살아내는 것. 자립하고 독립하는 것이 얼마나 중요한 과업인지 나는 내가 살면서 스스로 깨달았다. 아이를 키우면서 너무 모든 것을 대신해 주려고 노력하는 부모들이 어떨 때는 마음 아프기도 하다. 아이가 자립하고 독립할 영양분을 부모가 빼앗아 가는 게 아닐까 싶을 때가 있다. 결국 성인이 됐을 때, 밖으로 나가서 스스로 부딪히고 깨져보면서 살아남아야 하는데, 그 경험과 지식은 어렸을 적에 필요한 것이 아닐까? 혼자가 좋은 이유도 아마 그런 짓 같다. 혼자 살아 보니 결국 혼자가 편하다는 사실을 빨리 알아버린 게 아닌가 싶다.

54

버킷 리스트 만들어 보기

삶 속에서 존재의 가치를 찾아간다는 것은 쉽지 않은 일이다. 살아가다 보면 숨을 쉬니까 살고, 잠을 자고 먹고 그냥 오늘을 살아가기 위해서 사는 사람도 꽤 많다. 대부분이라고 말할 수는 없지만 어렸을 적을 제외하고는 부모님의 울타리를 벗어나서 세상에 발을 들여놓는 그 순간부터 우리는 '제2의 인생'을 시작하게 된다는 사실을 나중에서야 알게 된다. 숨 가쁘게 살다 보면 내가 이루고 싶었던 꿈이라든가, 내가 좋아했던 것을 하면서 일과를 진행할 여유가 없다. 시간적 여유도 없고 물질적 여유도 없다. 무엇인가에 왠지 모르게 쫓기며 살아갈 때가 많고, 불평도 많이 늘고, 부정적인 시각도 꽤 많이 생기게 됐을 것이다. 사회생활을 하면서 무언가에 책임을 갖고 책임져야 한다는 사실이 쉽지가 않다.

여자의 경우는 경력단절이 오면 더더욱 어렵다. 아이를 낳고 나서부터는 하나의 생명을 키워 내야 하기 때문에 매 시간 매 초가 케어의 에너지로 사용된다. 에너지가 고갈되고 나서는 예쁜 옷을 입고, 예쁘게 몸을 단장하는 시간마저도 버겁게 느껴진다. 나갈 약속도 없고 돈을 버는 것도 아닌데, 매일이 숨 가쁘게 돌아가면서 숨 쉴 틈마저도 누워서 자고 싶은 욕망이 들끓는다.

그래서 우울증이 현대인에게는 꽤 고질적인 질병이 된 듯싶다. 나도 한때는 그렇게 우울증에 시달리면서 벗어나야 한다는 걸 알면서도 제대로 벗어나질 못했다. 이제는 여러 시도를 하면서 무엇이 필요한지 객관적으로 생각할 수 있는 힘이 생겼다. 나 같은 스타일의 사람에게는 삶속에서 보람이 필요하더라. 일을 함으로 인해서 돈을 벌거나 프로젝트가 성공하거나 아이들 성적이 오르거나 등등 결과가 눈에 보이는 것이 필요했다. 내가 하는 일이 가치 있다라는 걸 스스로 인정할 수 있는 그런 결과물이 필요했다. 매일매일 생각에 생각을 꼬리를 물더니 이번에는 너무 많은 아이디어가 떠오르면서 내일이 되면 어제 했던 생각을 잊게 되고, 그다음 날에도 여러 가지 뒤죽박죽 생각이 머릿속을 맴돌았다. 제대로 된 정리가 필요했다.

다들 많이 말하던 '버킷 리스트.' 문득 버킷 리스트를 한번도 만들어 본 적이 없음을 깨달았다. 나는 바로 검색했다.

'버킷 리스트 만드는 방법'
'버킷 리스트 100가지'
'30대 여성 버킷 리스트'

여러 검색을 해 보다가 문득

'내가 내 버킷 리스트를 만드는데 왜 남의 생각을 보는 거지?'

하는 생각이 들었다. 버킷 리스트를 만드는 그 과정마저도 나는 '나'의 마음의 소리를 듣지 않았던 것이다. 나는 바로 노트북을 집어 들 필요도 없이 아이가 쓰던 노트와 연필을 집어 들었다. 그러고는 몇 개를 채우겠다는 마음 없이 주방 한편에 놓고 생각날 때마다 내가 하고 싶은 것을 써 넣기 시작했다.

이게 뭐라고 뭔가 매일같이 무언가를 정리해서 써 넣는 습관이 들다 보니 열심히 하게 되더라. 삶의 소소한 목표가 벌써 생긴 것 같았다. 그렇게 나는 버킷 리스트를 여러 개 적었다. 어떤 것은 아주 소소한 것이었다. 그러나 어떤 것은 죽기 전에 내가 과연 할 수 있을까 하는 생각이 들기도 했다. 그러나 무슨 상관이랴? 내가 하고 싶다고 생각나는 것을 다 써 보면 그만이다. 내가 쓴 것 중 예시로 몇 개를 적어 보면 아래와 같다.

[나의 버킷 리스트]

- 세계 일주 하기
- 캠핑카로 대륙 횡단하기
- 우리 아이랑 한 달 살이 떠나기
- 남편과 주말마다 취미생활 같이 하기
- 수영 배우기
- 요리 배워서 모든 간식 예쁘게 만들어 주기
- 도자기 배워서 나만의 식기세트 만들기
- 미싱 배워서 패밀리룩 만들어 보기
- 내 이름으로 책 20권 쓰기
- 프랜차이즈 상호 만들어서 법인회사 설립하기
- 정원이 있는 집 사기
- 민화 배워서 작가 등단하기

이것 말고도 아주 여러 개가 있지만, 그저 참고가 되었으면 하는 바람으로 써 본다. 완벽할 필요는 없다. 다른 이들이 하는 말에 휘둘릴 일도 없다. 내가 하고 싶은 것이 무엇인지를 생각해 보고 평생을 걸쳐서 해야 하는 것과 당장 지금부터라도 해결할 수 있는 것까지도 모두가 버킷 리스트에 담을 수 있는 대상이 된다.

55

문화생활의 중요성

혼자 있을수록 세상과 더욱 가깝게 살아야 한다. 혼자를 즐긴다고 해서 세상과 담쌓고 등 돌리고 산다는 것이 아니다. TV를 통해서도 세상을 접할 수 있고, 각종 문화 시설을 이용해서도 세상과 함께할 수 있다. SNS를 통해서도 어떻게 사람들이 살고 있는지를 엿볼 수 있고, 운동과 여행을 통해서도 충분히 세상과 호흡할 수 있다고 생각한다. 정작 안타까운 사람들은 항상 누군가와 함께하고 많은 사람과 교류하고 있는데, 정작 집에 들어갔을 때 공허함을 느끼거나, 시간이 비었을 때 만날 수 있는 사람이 없다면 외롭고 우울함을 느끼는 사람들이라고 본다.

나도 그랬을 때가 있다. 일이 끝나고 금요일 밤, 일하지 않는 주말이 되면 무엇인가 하고 싶은데 혼자는 싫었다. 그래서 지인들에게 연락을 돌리곤 했다. 그러나 다들 약속이 있거나 나의 계획이 무산되면 '내가 잘못 살았나.' 싶기도 하고 '다들 나가서 즐거운 시간을 보내고 있을 텐데.... 나만 집에서 이게 뭔가 ... 너무 외롭다.' 싶은 생각이 들기도 했다. 그때는 항상 외로움을 사람을 통해서 찾으려고 했을 때였다. 나는 30대에 들어와서는 나의 외로움이 결국은 사람들과 함께 있어서 오는 걸로 결론을 내렸다. 항상 바쁘게 교류하다가 갑자기 공허한 순간을 견디기가 힘들었던 것이다.

혼자임을 즐기고 인정하면서 나의 감정을 다스리는 방법으로 많은 취미 생활을 만들었다. 거의 혼자서 하는 것들이다. 뜨개질을 가지고 나가서 커피를 마시고 음악을 들으며 잠시 기분전환을 한다든가, 내가 좋아하는 영화가 개봉하면 팝콘을 사 들고 가서 여유롭게 오전을 즐기다 온다. 서점에 들러서 책을 골라보다가 한 권씩 사오기도 하고, 계획을 세워서 돈을 모으다가 갑자기 휘리릭 해외여행을 즐기다 오기도 한다.

이처럼 나의 마음이 전환되는 것에는 결국 혼자서 즐기는 문화생활들이 꽤 많은 퍼센티지를 차지한다는 사실을 깨달았다. 아주 사소하게 산책을 즐기거나 연극을 보거나, 서점에 들르고, 영화관을 가고, 카페를 가는 것, 이 작은 것이 모여서 내 삶을 좀 더 활기가 돋도록 생기 넘치게 만든다는 사실이다.

지금 혹시 조금이나마 우울한가? 쇼핑을 가보자. 집 주변에 할인이 붙은 쇼핑몰에 들어가서 소비를 하든 하지 않든 요즘 어떤 옷이 나왔나 하며 거닐어 보자. 문화생활도 혼자서 하면 더욱 편할 것이다.

56

햇빛은 매일 받아야 한다

집에 있다 보면 점점 게을러지기 시작한다. 눈을 떠서 아침에 아이 등원을 시키고 도시락을 싸서 남편을 출근시켜 보내고 나면, 나만의 정적인 시간이 주어진다. 아침 일찍 일어나서 전투 아닌 전투를 한 탓에 이상하게 드러눕고 싶어진다. 보지도 않는 TV를 켜놓고는 잠시 소파에 누워서 좀비가 되어 있다가 나도 모르게 스르륵 눈이 감긴다. 그렇게 낮잠을 자다가 눈을 뜨면 할 일은 산더미인데 일어나서 무언가 행동하기가 싫어지는 현실이다.

차라리 일어나서 출근하거나 나가서 하는 활동을 무엇인가라도 하게 되면 옷을 걸쳐 입고 화장을 하고 신경을 세워 가며 활동할 것이다. 일터가 집이 돼 버린 일상은 적나라하게 현실적이다. 화장할 일이 없고

(사실 화장해 봤자 누우면 도루묵이다) 예쁘지만 불편한 옷을 입고 집안일을 하는 것도 별로다. 반찬과 빨래를 할 때에는 걸리적거리지 않으면서 너무 비싸지 않은 옷을 입어야 요리 중 기름이 튀거나 빨래 중 옷걸이에 걸리는 상황과 마주쳐도 기분이 상하지 않는다. 집에서 이렇게 계속 쳇바퀴 돌듯 입을 다문 채 혼자서 일하다 보면 우울해지기도 하고 점점 게을러지면서 나를 사랑하지 않게 되는 상황이 오더라.

그래서 나이 많은 사람들이 점심때나 저녁 먹은 직후가 되면 많이들 나와서 산책을 하고 걷기 운동을 하는 것 같다. 젊을 때에는 햇빛이 비춰지던 아니던 간에 스스로 그 자체만으로도 발광이 나고 윤기가 나는 편인데, 나이를 먹어 갈수록 중력이 몸에만 영향을 미치는 것이 아니라 마음에도 미치는지 광채를 발하던 스스로가 서서히 삶에 갓 삶은 닭처럼 추욱 처지는 걸 경험하게 되는 것이다. 따뜻한 온기를 몸으로만 느끼는 것이 아니라 나의 기분과 나의 삶이 함께 전해 받는다고 생각해 보면 나가지 않을 수 없다. 엉덩이가 무겁다가도 풍선처럼 붕붕 나는 듯한 느낌을 받게 될 것이다.

전등 같다고나 할까? 어두운 내면에 노란색 빛이 스며들기 시작하면서 마음이 따듯하다고 느끼게 되고 긍정적인 사고를 가능하게 한다. 일상 속에서 작은 것 하나하나를 눈여겨보며 행복하다고 느끼는 사람은 많지 않을 것이다. 그런데 정말 사소한 것 하나하나를 눈에 담기 시작하고 그 냄새를 맡고 기운을 느끼기 시작하면 믿을 수 없는 행복이 전해져 세포 하나하나를 일깨운다. 공원에서 피크닉을 즐기거나 해변에서 일몰을 감상하는 등 아주 사소한 행복감에 건강뿐만 아니라 감정적인 풍요로움까지 함께 느낄 수 있게 될 것이다. 그러니 환영하자. 태양이 떠오르는 순간 문을 박차고 나가서 온몸으로 온기를 받아보자.

57

외로움의 양면성

어떤 날은 '카톡' 하는 소리도 귀찮아서 오는 전화도 거절한 채, 침대나 소파에 내 몸이 한 몸인 듯 추욱 늘어져 있고만 싶은 날이 있다. 반면에 또 어떤 날은 누군가 나를 찾아줄 사람이 없나 하고 불현듯 울리지 않는 핸드폰의 전화 목록을 살펴보면서 누군가에게 연락해 볼까 하는 날도 있다. 내 마음이 간신배 같기는 하지만, 날이 궂었다 말다 하듯이 내 기분 상태가 이랬다저랬다 하는 것이 나도 내가 왜 이런지 모를 때가 있다.

누군가와 함께 한 공간을 사용하고 서로 시선을 교환하고 생각을 주고받는 일이 일상인데, 혼자 있기 싫음과 너무 익숙한 공간에서의 외로움을 느끼고 싶지 않아서 구태여 잘 맞지 않는 상대와 나의 하루를 나누고 있는 순간. 아마 누구나가 있을 것이다. 외로움이란 감정은 어떻게 보면 너무나 일상적인 것인데 순간순간 무언가 특별한 감정이고 상황인 것처럼 뇌에서 오작동을 하는 것이다. 여러 명과 함께 있는 순간을 그리며 뭔가 행복하고 기운이 꽉 찰 것이라는 기대를 품고 사람들을 만나며 즐기던 적도 있었다. 현란하고 시끌벅적한 술집에서 오만 소리를 질러가며 웃고 떠들고 기분을 한껏 고조시켰다가 집으로 돌아온 그 이후는 적막함이 감싸오는데 급격한 상황의 변화는 나의 감정과 사고를 급격한 기분 하락으로 가져오기도 했다.

이별의 아픔이 싫어서 사랑하지 않는 것처럼, 시끌시끌한 파티 이후 오게 되는 적막한 외로움이 싫어서 급격한 엔도르핀이 솟구치는 상황을 만들고 싶지 않은 것일 수도 있다. 혼자 있는 것을 즐기기도 하지만, 사람과 함께하는 즐거움을 좋아하기도 한다. 어떻게 보면 참 논리적이면서도 단순함의 극치다. 배고프면 먹지만, 먹고 나면 다이어트가 생각나는 태도와 일관성이 있다.

외로움은 그렇듯 앞뒤가 참 다르다. 느끼고 싶을 때의 모습은 너무나 차분하고 편안하지만, 원치 않았을 때의 외로움은 쓸쓸하고 자괴감이 든다. 그래도 공평한 점은 있다. 세상에 돈이 많든 적든, 똑똑하건 멍청하건, 젊건 늙었건 간에 살면서 누구나 상황이 맞으면 느끼게 된다는 사실. 단순하지만 명쾌한 이 사실 하나는 내 마음에 쏙 든다.

260

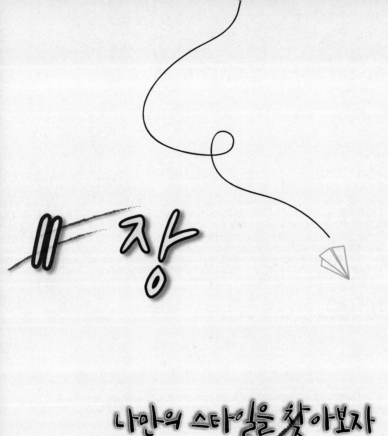

2장

나만의 스타일을 찾아보자

58

스스로 찾아보기

예전부터 어른들이 하라는 대로 하면 우리는 칭찬을 받았었다.

"어른이 말을 하면 '네' 해야지."
"어른 말도 잘 듣고, 너는 참 예의가 바르구나?"

이런 종류의 칭찬을 듣고 자란 우리 시점에서 스스로 무언가를 찾아내거나 스스로의 삶에 집중해서 직접 표현하는 것이 어렵다. 의견을 함부로 제시해도 안 됐고, 평균을 넘어서는 보통이 아닌 발언과 사상을 갖게 되면 '모난 돌이 정 맞는다'와 비슷한 말을 듣게 되곤 했을 것이다. 이제 와서 세상이 변했기에 내 삶의 스타일을 찾아보는 과정을 찾아 집중해 보자는 말은 심플한 문장과는 다르게 생각보다 어렵다.

그럼에도 우리 삶의 가장 중요한 여정 중의 하나임에는 틀림없다. 사람들은 각각 모두 특별하고 독특한 가치관과 개성을 가지고 살아가고 있기에 우리 스스로 스타일을 찾아보는 것은 더 나은 인생을 찾아가는 데 큰 역할을 하게 된다. 그럼 무엇부터 집중하면 좀 더 수월하게 내 삶의 스타일을 찾아가는 데 도움이 될까?

[자신이 무엇을 중요하게 생각하는지 이해하기]

삶의 스타일을 찾는 것은 자기 인식과 연결돼 있다. 우리는 자신이 무엇을 원하고 무엇을 중요하게 생각하는지를 이해해야 한다. 이를 위해서 자신과 깊이 대화하고 이해해야 하는데, 날것 그대로의 감정과 욕구를 받아들이고 이해해 줘야 한다. 우리가 행복하게 되는 요소와 가치를 좀 더 고민해 보기를 추천하고 싶다.

[새로운 것을 경험하고 학습하기]

스마트한 시대에 새로운 걸 경험하고 탐욕함이 빠르고 간결하게 해결된다는 것을 다들 알 것이다. 직접 여행을 다니거나 직접 무언가를 배우는 것도 큰 도움이 되겠지만, 요즘은 휴대폰 하나로 모든 것을 다 경험해 볼 수 있는 세상에 살고 있기에 내 욕구에 집중만 제대로 한다면 큰 어려움 없이 해결해 볼 수 있을 것이다. 그렇게 자기 발전과 성장을 하게 되고 스스로를 개선하고 발전시키면서 더 나은 버전의 자신을 만들게 되는 그때 우리의 스타일은 형상화되고 완성될 것이다.

물론 삶의 스타일을 찾는 것은 끊임없는 과정이며, 한번 찾아낸 스타일이 바뀌지 않으리란 법은 없지만 생각보다 행복이 나에게 주는 만족감이라는 사실을 빠르게 알게 될 것이다.

59

타인의 분석을 들어보기

스스로가 생각하는 '나'는 간혹 타인이 생각하는 '나'와는 다르다. 나는 내가 내향적인 사람이라 생각하고 있었는데 남들은 내가 외향적인 사람이라 생각하고 있었다. 어떻게 보면 나를 나보다 더 잘 아는 사람이 있을 수도 있다는 생각이 들었다. 내가 나를 생각하는 시간이 적기 때문에 나에 대해서 고민하거나 생각하는 사람이 오히려 나에 대해서 잘 알수도 있겠더라.

'나' 자신이 좋아하는 것과 싫어하는 것을 천천히 리스트로 작성해 본적 있는가? 잘하는 것과 못하는 것을 목록으로 표시해서 좋아하면서 잘하는 것을 찾아본 적 있는가? 우리나라 사람은 생각보다 자신에 대해서 고민하고 생각하는 시간이 적다. 바쁜 현실을 마주하고 살아가야 해서 그럴 수도 있겠지만, 내가 '나'로서 '나'를 위해 고민하고 바라보는 시간은 그 무언가를 막론하고도 필요하다. 아주 중요하다. 스스로 목록표를 정리했을 때, 나를 가장 잘 안다고 생각되는 사람에게 그 리스트를 보여줘 보자. 과연 상대가 내가 생각한 '나'와 상대가 바라보는 '나'의 시선이 얼마나 일치하고 상이한지를 구분해 낼 것이다. 생각보다 쉬운 과정이고 쉬운 방법이다. 수월하게 시간만 투자하면 되는데 우리는 이렇게 '나'에 대한 분석을 내리기까지 오랜 시간이 걸린다.

상대가 바라보는 '나'라는 사람의 스타일을 본격적으로 알게 되면, 스스로가 '나'를 오해하고 살았는지를 알게 될 것이다. 내가 그런 의도가 없었음에도 맥락상 다르게 비칠 수도 있는 여러 스타일도 발견할 수 있게 될 것이다. 우리는 그렇게 조금 더 진짜 '나'에 대해서 파고들고 이해할 수 있는 시간을 마주할 수 있게 될 것이다.

물론 나의 리스트를 봐 줄 상대를 고를 때는 일정한 기준이 있어야 한다. 분석이라는 것을 장단점 나열하고 나의 모난 부분을 적나라하게 짚어 대는 상대라면 다른 타인을 생각해 보기를 추천한다. 나를 알겠다고 나에게 상처가 되는 말을 들을 필요는 없으니.

60

언제 해도 도전은 늦은 게 아닐걸

누구든 젊은 나이에는 무엇이든 하고 싶고 무엇이든 내가 하면 다 이루어질 거라는 환상을 짊어지고 살아간다. 조금씩 나이를 먹어 가면서 당하게 되고 얻게 되는 무수한 것들 속에서 좋게는 세상을 알아가고 나쁘게는 움츠리며 살아가는 게 보편적이다. 그럼에도 혼자서 이것저것 생각하다 보면 늙었고, 지켜야 할 것이 있지만 예전처럼 뜨겁게 무엇인가를 도전해 보고 성취해 보고 싶다는 생각이 들 때가 있다.

일례로 '콜 샌더스'라는 사람은 65살에 KFC를 창업했다고 한다. 그는 부인이랑 함께 치킨집을 운영했는데 그때 고안한 비밀 양념을 사용해서 특별하게 튀긴 치킨을 판매하기 시작했다고 한다. 그래서 인기가 많아졌고 이걸 프랜차이즈로 확장했다고 한다. 그도 처음에는 KFC가 이렇게까지 세계적으로 인기가 있을 것이라고는 생각하지 못했을 것이다. 늦은 나이에 '나는 늙어서 뭔가를 해내기에는 글렀어.' 하는 것과 '내가 가진 경험과 연륜은 무시 못 하지. 이번엔 무얼 해 볼 수 있을까?' 하는 것은 후에 내가 내 자식에게

"엄마, 아빠가 수술을 해야 하는데 돈 좀 보태 줄래?" 하는 것과
"이번에 엄마랑 아빠 해외여행 갈 건데 같이 갈래?"

하는 걸로 달라질 수 있는 시발점이 되지 않을까?

도전이 꼭 거대하고 커다란 무언가일 필요는 없다. 아주 사소하게는 내가 오늘부터 매일 물 2리터를 먹을 거야 하는 마인드라든가, 이제부터 매일 스쿼트 100개를 1년간 해서 바디 프로필을 찍어 볼 거야 하는 것도 도전이다. 우리가 하는 도전은 매일로 쪼개 봤을 때는 사소하고 작디작지만, 쌓이고 쌓여서 바라보게 되는 1년 후, 2년 후를 생각하면 장족의 발전이 되어 있고 달라진 10년 후를 바라볼 수도 있을 것이다.

61

나의 스타일

스타일은 말 그대로 우리가 '나'를 표현하는 독특한 방식이다. 그래서 그 본질 자체가 개인의 고유성과 창의성을 반영하는 데 아주 사소하고 밀접한 생활 환경의 모든 측면에서 나타나고, 외적인 것 더하기 내적인 가치, 삶의 철학까지도 나타내는 중요한 수단이다.

모두는 자신만의 고유한 서사가 있는데 그걸 돌이켜 보면 자라온 환경과 문화생활, 사회적 환경, 그리고 개인적인 경험이 뿌리내려 있을 것이다. 누군가가 클래식한 사람이라면 누구는 대담하고 독특한 사람일 것이다. 다양하다는 것을 전제로 하고 스타일을 바라보기 때문에 '평범'이라는 말 자체가 어울리지 않는다고 나는 생각한다. 그래서 자신만의 특색을 찾고 다양성과 창의성을 인정하면서 존중하고 수용하는 것이 정말 중요하다. 누군가가 그렇지 못하다면 그 사람이 나에 대해 하는 한마디 한마디가 때로는 불편할 수 있다. 그것도 그 사람의 스타일이다. 삶의 다양한 영역에 걸쳐서 영향을 미치기 때문에 예술, 디자인, 문학에서부터 가구, 건축, 음악까지 모든 분야에서 다양성을 부여하는 것이 스타일이다.

그래서 우리는 우리 자신을 찾아가는 여정이 필요하다. 내 개성을 고스란히 드러내고 서로 다른 스타일 간의 조화와 조절을 통해서 화합하고 소통하는 것. 그러기 위해서는 나는 어떤 스타일의 사람이고 어떤 스타일을 좋아하고 싫어하는지를 명확하게 알고 넘어갈 필요가 있다. 나를 위해서 일정 시간을 투자하고 소요해야만 좀 더 알게 될 것이다.

전문가가 알려 주는 테스트를 통해서 나 자신에 대해 알게 되는 것도 나쁘지 않다. 어떤 방식을 사용하든지 내가 내 스타일을 알기 위해서 나에게 투자하고 나를 가치 있게 만든다는 그 의도 하나만으로도 나는 스스로를 사랑해 주는 사람이 되는 의미를 부여한다. 내 존재감의 단단함과 내 뿌리의 깊이를 타인이 배정해 주는 것이 아님을 인지하고 삶을 대하는 것만으로도 내 마음과 내 생각이 단단해지고 튼튼해지는 지름길일 것이다.

62

주류가 아니어도
나를 사랑해 주는 사람은 있다

친구들과 어울리면서 우리의 사상과 삶을 대하는 가치관이 언제나 비슷했기 때문에 나는 한번도 내가 비주류 성향이 있다고 상상해 본 적이 없다. 끼리끼리는 동색이라고 나와 함께 울고 웃고 떠들며 추억을 나누던 사람들과 함께한다는 것이 비슷한 사고를 가지고 있는 사람들과의 무리라는 사실을 나는 서른이 넘어서 간신히 깨달았다.

한때는 여러 명이 둘러앉아서 이런저런 잡담을 나누다가도 이상하게 나를 제외한 다른 이들의 의견이 일치할 때가 잦았는데, 그때마다 홀로 공격당하는 느낌이 들어서 주변 사람이 다 이상하다고 생각했었다. 생각이 다른 것뿐인데, 그걸 표적으로 삼아서 켜켜이 들춰내고야 마는 사람들이 야속했고 나와 가치관이 비슷한 사람을 찾기가 참 어렵다고 생각했다. 아이를 낳고 나서도 그런 생각은 계속됐는데 드디어 시원하게 정답을 찾았다. 정답은 너무나 간단하게 정말 친하게 지내는 단짝 친구와 전화로 대화하다가 묵은 체기가 내려가듯 튀어나왔다.

친구 - "야, 너는 니가 여지껏 주류라고 생각하고 살았던 거야? ㅎㅎㅎ"
나 - "우리 모이면 다 같이 웃고 띠들고 하면서 다들 생각이 비슷하잖아? 항상 대화가 통하고 뭔가 속 시원하게 티키타카가 되니까 다른 사람들이 좀 이상하다고 생각했지."
친구 - "원래 끼리끼리는 싸이언스(과학)라고, 맞는 사람끼리 어울리는 거잖아. 그래서 우리가 서로 잘 통하는 거고. 그런데 살아보니까 나랑 맞는 사람을 찾는 게 엄청 어렵더라? 다른 사람들은 그래도 서로 어울리는 사람들 만나서 술도 마시고 그러는데 생각보다 나는 없더라고. 그래서 내린 결론은 우리가 비주류라는 거야. 다른 사람들과 생각이 다른데 그게 보통의 생각과는 차이가 다르다는 거지. 그런데 그런 비주류가 만나서 친구가 된 거지. 그래서 너랑 나는 죽이 잘 맞는 거고, 다른 사람들 이야기를 했을 때, 우리가 생각하는 사고방식이 비슷해서 그렇게 생각했던 걸 거야."

나는 친구의 이야기를 듣고 '아차' 싶었다. 이럴 수도 있다는 생각을 왜 이제껏 제대로 해 보지 못하고 살아온 걸까? 세상의 중심이 내가 아닌데, 아마도 사고의 주체가 '나'이다 보니 나를 중심으로 주위를 판단해 왔던 것 같았다. 생각이 다르다는 이유 하나로 삶의 경계선이 지어지고,

다른 사람을 가르고 판단해 가면서 재단하는 삶이 막상 살아보면 아주 피곤하다. 이럴 때는 개인주의적인 성향을 갖고 태어난 나의 기질이 신이 내려 주신 축복이 아닌가 싶다. 내가 보통의 생각을 갖고 있지 않다고 해서 모두가 나를 비난하고 세상 사람들과 어울리기 힘들진 않다. 나와 같은 비슷한 사고방식을 갖고 있는 사람이 도처에 있고, 또 그들과 어울리면서 나는 또 다른 무리와 친구가 되어 간다. 생각보다 사랑 받으며 살아가고 있으니 나의 사고가 다른 이들과 다르다 해서 세상이 나를 버린 것처럼 살아갈 필요는 없다.

63

에너지를 어디서 쏟을래

신체 나이와는 다르게 정신 나이는 세상 사람이 정한 삶의 지표와는 맞지 않다. 사람마다 조금씩 다른 듯한데, 나는 신체적 에너지도 아주 적은 편이고(운동이 세상에서 가장 싫다.), 정신 나이는 신체 나이에 비해서는 좋은 편이나 일반 멘탈이 강한 사람에 비해서는 약체인 듯하다. 젊을 때는 그래도 회복 속도가 좋아서 여기저기 모임에 나가서 신나게 어울리기도 했고, 아이를 낳고 나서도 주변의 비슷한 환경 사람들과 매일같이 나가서 육아 모임을 하기도 했다. 그만큼 외향적으로 보이는 사람이 나였으나, 살다 보니 나는 밖에서 그 잠깐의 에너지를 뽑아 내려면 집에서 많은 시간의 휴식이 필요한 사람이었다는 걸 알게 되었다.

사람마다 다른데, '휴식'이라는 말의 정의와 기준이 참 다양하다. 동생의 경우에는 집에서 쉬는 것뿐만 아니라 일하지 않는 다른 모든 활동이 휴식에 들어간다. 일을 하는 경우에 들어가는 스트레스와 에너지만 아니라면, 모든 활동에 들어가는 에너지는 '휴식'으로 친다. 남편의 경우에는 집에서 혼자 하루 종일 잠만 자는 것이 '휴식'이라는 개념에 들어간다. 아무래도 민감하고 주위를 살피는 편이어서 타인에 비해 더욱 많은 에너지를 사용하는 게 이유일 것이다. 잠을 자고 있을 때면 모든 생각과 마음이 정지되기 때문에 잠을 오래오래 자면서 (마치 곰 같다) '휴식'을 취하는 것이다. 내 경우에는 집에서 글을 쓰거나, 책을 읽거나, 뜨개질을 하거나, 영화를 보거나 등등 내가 좋아하는 취미 생활을 하면서 편히 앉아 있으면 '휴식'을 즐겼다는 생각이 든다. 그 외에 밥을 하거나 집안일을 하는 등은 나에게는 '일'로 정의되기 때문에 에너지를 집에 있다고 해서 축적했다고 여겨지지는 않는다. 온전한 에너지 축적은 신체적으로 활동이 적으면서 정신적으로 행복감이나 만족감을 느껴야 하는 것이다.

이렇듯 사람은 누구나 '휴식'을 해야만 다음 일을 진행할 수 있다. 본인의 '휴식'이 무엇인지 생각해 본 적이 있는가? 만약 생각해 본 적이 없다면 큰일이다. 당신은 더 나은 일에 집중하고 에너지를 쏟기 위한 밑작업을 할 줄 모르기 때문이다. 나를 위한 시간을 갖고 나의 온전한 '휴식'이 무엇인지 이번 기회에 꼭 찾아보기를 바란다.

64

다양한 사람들

어른이 된다는 것은 그만큼 많은 환경에 노출되고, 참아내는 힘을 기르는 것이다. 다양한 노출과 자극에 스스로 노출이 되고 부당한 것을 참아내는 것. 인내심과 지구력은 나이가 먹어 감에 따라서 자동적으로 늘어나는 힘이 아니다. 그래서 항상 다양한 자극이 필요하고 그 자극을 통해서 살아가는 원동력으로 만들 수 있는 힘이 필요하다. 이 환경의 자극은 스스로의 선택으로 만들어지고, 생각이 다양한 사람은 그만큼 다양한 환경 속에서 다양한 선택을 하며 스스로를 만들어 가는 것이다.

곁을 지나쳐 가는 수많은 사람은 각기 스스로의 주관과 사상에 맞추어 산다. 내가 아는 이들과 모르는 이들로 나누어질 수 있겠지만, 안다고 해서 그 상대방의 모든 것을 알고 있는 것이 아니며 그 상대방을 다 이해해 줄 수 있는 것도 아니다. 그래서 우리는 대화를 통해 이해하려 노력하고, 면 대 면으로 말하면서 있기 힘들면 책이나 영상을 통해서 궁금함을 채워 나간다.

인생이 참 재미있는 점이 나의 10대 때 지인과 20대 때의 지인, 지금 30대 때의 지인이 다르다는 점이다. 변하는 나의 모습을 살펴본 적이 있는가? 항상 같은 자리인 것 같지만 자세히 면밀히 들여다보면 '나'라는 사람은 매일 흐르는 시간에 맞추어 조금씩 변화하고 있다. 생각이 차이가 날 수도 있고 삶의 태도가 조금은 변했을 수도 있다. 삶에 맞추어 변화하고 있을 것이다. 어떤 사람은 막무가내 사람으로 변해 가고 있을 수도 있다. 어떤 사람은 더욱 온화한 사람으로, 누군가는 욕을 많이 하는 사람으로, 누군가는 말을 못하는 내향적인 사람으로 변해 가고 있을 수도 있다. 누군가에게 '나'라는 사람은 큰 의미가 됐을 수도 있고 전혀 별 의미가 아닌 사람일 수도 있다. 타인을 평가하고 판단하기 전에 그 소중한 시간을 '나'에 대해서 평가해 보는 시간으로 사용하기를 바란다. 누군가가 볼 때는 '나'도 타인일 것이다. 다양한 사람들 한켠에 서 있는 게 상대방에게는 '나'일 수 있다.

가치관과 삶의 방식이 서로 다름을 인정하고 이해한다면 조금 더 행복하고 유의미한 삶을 시작할 수 있을까? 다름을 인정하는 것은 생각보다 어렵다. 어려운 일이지만 그걸 해내는 '자신'이 자랑스러울 수도 있다. 다름은 틀림이 아니라는 사실. 기억하고 살아야겠다.

65

혼자면 어때서?

주변에 유독 남 걱정을 많이 해 주는 사람이 있다. 원하지 않는, 혹은 요청하지 않는 삶의 조언을 해 주면서 나를 위로해 주는 듯 보이지만, 자세히 생각해 보면 그들이 하지 못했던 이상적인 면까지도 선생님처럼 말하며 가르치려는 듯한 모습에 가끔은 이상한 반항심이나 적개감이 들기도 한다. 사람이 사람 간에 맞춰 살아가야 하는 것은 당연하지만, 그렇다고 해서 모든 부분을 다 타인에게 맞춰 살 필요는 없다. 혼자서 할 수 있는 것이 예전보다 훨씬 많아진 세상 속에서 우리는 세상의 흐름을 따라 자연스레 혼자서 놀고 혼자서 일하는 방법을 터득해 살아가는 것이다.

예전에는 혼자서 밥을 먹거나 술을 마시거나 하면 불쌍하거나 안타깝게 여기는 시선이 있었다. 그래서 혼자서 할 수 있는 간단한 것도 사회

속에서는 혼자서 하지 못하고 함께할 사람을 찾곤 했다. 사실 사람들을 말하는 거 같지만 내 이야기이기도 하다. 아주 간단하게 pc방을 가더라도 함께 갈 사람을 찾아서 같이 가려고 했다. 같은 게임에 같은 시간 게임하는 것도 아닐 거면서 나는 그렇게 함께 갈 사람을 찾기도 했다. 물론 대학생이 되면서부터는 혼자의 독백을 즐기고 타인을 배려하지 않아도 되는 온전한 나만의 자유를 만끽하는 걸 즐기긴 했지만, 그 이전까지는 주말에 놀러 나가더라도 꼭 사람과 연락해서 가야 마음이 불편하지 않았다.

그런 내가 변하게 된 것은 아마도 남을 배려해 주는 에너지가 아깝다는 생각이 들면서부터였을 것이다. 남을 배려하는 것은 당연한 것은 아니지만, 상대를 편안하게 해 주고 먼저 배려해 주는 것이 좋다는 것을 느낀 이후부터는 나도 상대에게 내가 받았던 기분 좋은 행동 그대로 해 주고 싶어지기도 했다. 물론 이 점은 지금까지도 여전하다. 구태여 적을 만들고 싶지 않고, 좋게 말해서 좋은 쪽으로 일이 해결됐으면 하는 바람으로 먼저 화내거나 먼저 일을 복잡하게 만들지 않으려 노력한다. 그런데 어느 순간부터는 하나씩 맞춰 주고 배려하는 것이 귀찮아지기 시작했다. 아마 혼자서 할 수 있는 것이 점점 많아지고 혼자서 즐길 수 있는 즐거운 것이 커짐에 따라서 애정의 순위가 좀 달라진 탓이다.

연애를 할 때도 연애를 매일 하는 것은 아니다. 친구를 만나거나 회식을 매일 하는 것은 아니지 않나? 그래서 뭉쳐야 할 때는 사회적 합의에 따라서 울타리 안으로 들어가지만, 그 이외 상황에서는 분위기를 보아가며 자리를 빠지기 시작했다. 집에서 혼자 보는 드라마나 영화도 너무 재미있고, 혼자 마시는 술의 온도가 이리도 따뜻한지 몰랐다. 온라인에 접속만 해도 인연은 없지만 스스로를 pr하는 사람들이 많아서 재밌고 즐거웠다. 이제는 이러한 삶이 우리들 인생 곳곳에 깊이 자리 잡혀 있다. 하물며 어플로 일원 십 원씩 버는 일을 '온라인 폐지 줍기'라고 칭하지 않던가?

이제 조언도 함부로 해서는 안 된다. 스승을 찾아다니며 배워야 하는 것이 온라인에서 너무도 간편하고 다양하게 널려 있기 때문에 전문적인 지식이 없다면 함부로 타인에게 조언해 줄 필요는 없다. 우리의 말 속에서 너무도 자연스럽게 조언하는 상황이 많지 않은가? 나부터라도 이제는 들어주는 사람으로 변해야 할 듯싶다.

66

사람은 쉽게 바꿀 수 없다는데

변하려고 노력하는 사람들도 있다. 변함을 두려워하고 무서워하면서 꿋꿋이 나는 정도를 걷는 사람이라며 본질 태어남 그대로 살아가려는 사람들도 있다. 주변에 나와 사회적 관계를 이루고 있는 사람들을 보면 두 부류가 다 있을 것이다. 특히나 우리가 이런 문제에 대해서 고민하게 되는 경우는 아마도 싫거나 나와는 맞지 많아서 관계를 정리하거나 단절하려 했을 때일 것이다. 계속 볼 사이인지 아닌지, 자의지가 아닌 타의지로 봐야만 하는 사람인지 아닌지를 고민할 때, 우리는 '이 사람은 과연 살면서 바뀔 수 있을까?' 혹은 '적응시킬 수 있을까 '하는 고민에 빠지게 된다.

가장 가까운 일례는 연인 사이 혹은 부부 사이이다. "당신은 다시 태어나도 곁에 있는 사람과 사랑하겠습니까?"라는 물음은 생각보다 간단하지 않다. 사랑을 하는 처음은 모든 게 새롭고 다채롭고 흥미롭다. 그래서 본질이야 어떻든 간에 만남을 지속하고 싶은 마음이 강하게 들면 끝까지 파고들고 싶을 것이다. 시간이 지나고 서로에 대해서 어느 정도 알게되었을 때에는 "왜?"라는 물음과 함께 잦은 말의 전쟁이 시작된다.

"당신은 왜 항상 그렇게 충동적으로 말해?"라든가, "일방통행하고 배려 없고 눈치 없는 게 고쳐지기는 해?"라든가. '태어나기를 그렇게 태어났다'라고 말하는 것이 참으로 편한 세상이다. '나라는 사람은 이런 MBTI를 갖고 있는 사람이기에 특정 상황에서는 너와는 다른 가치관으로 다른 말을 하는 게 편해. 그러니 니가 이해하렴.'

어떨 때는 사람의 MBTI라는 것을 말하는 것이 더욱 편리할 때가 있지만 어떤 상황에서는 참으로 이기적이고 배려 없는 발화의 베이스가 아닌가 하는 생각이 들 때도 있다. 결국 바뀔 수는 있겠지만 태어난 기질이 그러하므로 나는 그 기질대로 살 터이니 내버려 두라. 라는 말을 하는 것과 진배없지 않나 하는 생각이 들기도 한다.

꼭 변해야만 좋은 것은 아니다. 그렇다고 해서 꼭 기질대로 생긴 대로 사는 걸 고수하는 것이 옳은 것도 아니다. 상황에 맞춰서 타인을 위해 배려하는 사람이라면 양해를 구하는 방식과 이해하면서 조율해 가는 방식이 부드럽지 않겠는가? 물론 나조차도 그런 부분이 쉽지는 않지만 주변에는 변화의 물결이 일고 있다. 아무래도 사람들의 만남을 조율하면서 만나고 싶은 사람만 두다 보니 나와 비슷한 생각을 가진 사람이 더욱 많아지는 것 같다. 그들은 조금씩은 다르지만 곁에 있는 소중한 사람을 위해서 힘겹더라도 한 발씩 나를 바꾸는 일을 하고 있다. 전부를 바꾸는 것은 그동안의 삶을 살아온 나를 부정하는 것 같아서 거부감이 든다고 한다. 그럼에도 불구하고 사랑하는 사람과의 소중한 관계를 위해서 가랑비에 옷 젖듯 그렇게 조금씩 변하려고 하고 있다.

67

같은 사람이라도
모두에게 같지 않아

세상살이가 참 어이없기도 하다. 내가 아는 지인은 만나는 남자들마다 별로일 정도로 남자 복이 없었다. 어렸을 적에도 그랬고 결혼하고 난 후에도 그렇다. 처음 만났을 때부터 그 지인은 착했다. 마음 씀씀이가 여렸고, 하고 싶은 말이 있어도 상대에게 상처를 줄 것 같으면 말을 에둘러서 하곤 했다. 그래서 주변에는 좋은 사람이 생각보다 많았고, 보기보다 내면에 강단도 있어서 스스로 묵묵히 자신의 일을 하는 사람이었다. 그런데, 이상하게 남자를 만나기만 하면 나쁜 남자 스타일의 사람만 꼬였다. 본인도 이를 아는 듯했는데 간혹 억울하다는 듯한 말을 하기도 했다.

만나던 남자 대다수는 이기적이었고, 친구의 일방적인 희생을 당연하다는 듯이 강요하곤 했다. 보수적인 편견을 주입시키기도 하고 억박지르거나 소리를 질러가면서 본인의 감정을 표출하기도 했다. 친구는 조곤조곤 자신의 생각에 대해서 마주 보고 대화를 시도하는 듯했으나, 상대가 더욱 강하게 나오면 으레 상대하고 싶지 않아서 회피하는 듯 보였다. 그럴 때면 전화해서 이러쿵저러쿵 함께 뒷담화를 하며 스트레스를 날리는 데 일조를 한 나다. 그런데 이상한 점은 그 남자와 헤어지고 나서 그 남자가 결혼한다는 소식을 들었는데, 아예 딴 남자로 살고 있다는 점이다. 사람이 일관되게 못되어야지 사람 가려가면서 못되면 쓰나? 그러나 세상은 그렇지 않은가 보다.

그 사람만 그렇겠거니 하고 생각하고 싶지만, 다음에 만나는 남자도 그렇다. 다른 여자에게 하는 말투 눈빛 행동이 달랐다. 착하고 배려심 많은 사람일수록 이렇게 손해를 보고 살 수도 있다는 생각을 하니 피가 거꾸로 솟을 때도 있었다. 나는 개인적으로 '강약 약강' 스타일의 사람을 혐오하는 편이다. 사람은 누구나 갑 앞에서는 을이 되어야 하는 때가 있기는 하지만, 유독 선하고 순한 사람을 이용해 먹고 함부로 대하는 사람이 있다. 아마 내 지인의 경우가 이에 해당하지 않을까 싶다.

나쁜 사람이라 생각하고 살다가도 누군가에게는 한없이 다정다감한 좋은 사람일 수도 있다는 사실이 참으로 어이없다. 막 대해도 되는 사람이 따로 있고 귀하게 대해야 하는 사람이 따로 있다는 듯이 행동하는 사람을 잘 구분하는 것도 능력일 것이다. 사람을 알아보는 능력이야말로 지금 시대에 가장 필요한 재능 중 하나일지도 모른다. 누구나 언제나 겪을 수 있는 보통의 일이고 지금도 우리 주변에 깔리고 깔린 많은 사람 중 여러 명이 이런 스타일의 사람일지도 모른다. 나라도 그렇게 살지 말자고 다짐한다. 그런 사람들을 잘 가려내어 주변에 놓지 말기를.

68

힘들면 포기해도 돼

예전의 우리 부모님 세대는 우리에게 이렇게 가르치곤 했었다.

"절대 힘들어도 포기해서는 안 된다. 끝까지 해 보고 나서도 안 되면 그 때 포기하는 거야."

이 가르침을 받고 자랐기에 나도 너무너무 힘들 때 포기해도 된다는 사실을 잊는다. 어떻게든 한번 시작한 일에 대해서는 끝까지 책임지고 마무리 지으려고 노력한다. 그 와중에 다치는 것은 타인도 회사도 아닌 바로 '나'다. 스스로 시작한 일에 대해서는 물론 책임을 다해야 하는 것은 맞다. 특히나 타인에게 피해가 미치거나 타인을 불편하게 하는 것은 옳지 못하다. 아무래도 '나' 자신에게는 귀하고 소중해도 타인에게 피해를 준다면 그것은 이기주의이며 때로는 범죄일 것이다. 그럼에도 불구하고 죽을 만큼 힘들거나 죽고 싶을 정도로 하기 싫은 일을 지금 해야 한다면...?

나는 개인적으로 잠시 멈추고 하늘을 올려다보면서 정신의 굴레에서 벗어나는 걸 최우선으로 한다. 얼마큼 놓고 싶은지를 먼저 생각한다. 이게 죽고 싶을 정도로 하기 싫은 것인지, 아니면 참고 하기로 한 만큼은 다 해놓고 쉴지를 진지하게 고민한다. 아마 대다수 노력하는 사람들은 나와 같을 것이다.

그렇게 나는 입시학원 강사 생활을 놓은 적이 있었다. 타이틀도 갖고 싶었고 경력과 연봉협상까지 쭉 치고 올라가려 선택했다. 그러나... 내가 감당하기엔 너무도 어렵고 괴로운 일이었다. 365일 수험생과 함께 마라톤을 뛴다는 사실. 나는 내가 얼마나 여행을 사랑했고 취미 생활을 즐겼는지를 그때 처음으로 깨달았다. 당연하게 여기던 생활이 감옥처럼 갇혀서 하지 못하고 일만 하는 현실 속에서 처음으로 자괴감이 들었다. 그때 그저 포기하면 되는데 죽고 싶다는 생각이 들었다. 새벽에 잠이 들고 아침에 뜨는 해를 보고 싶지 않다는 생각을 하면서 도망치고 싶었었다. 그만두겠다는 생각조차도 못 하고 힘겨운 나날을 보냈는데, 지금의 남편이 나에게 말해 주었다.

"그만두고 싶으면... 그만두면 돼. 세상이 무너지지 않아."

'왜 그만둘 생각을 못 했지? 왜 그냥 다 벗어던지고 죽고 싶다라고만 생각했을까?'

그때 이후로 나는 너무도 힘든 상황에 있는 사람을 마주하게 됐을 때는 그때의 나를 떠올리면서 말해 준다.

'그만둬도 돼. 멈춰도 돼. 끝까지 결말을 짓지 않아도 돼.'

듣고 싶은 말이 무엇인지는 모르겠으나, 나는 그렇게 말해 주고 싶다. 세상이 내가 그만둔다고 해서 무너지지는 않는다고. 아직 살 날이 많은데, 해 보지 않은 것이 너무나 많은데 지금의 나를 사랑해 주기 위해서는 아무것도 안 해야 한다고. 이렇게 쉬는 날이 한번 지나고 나면 내면이 단단해지더라. 단단한 나는 그렇게 세월의 나이를 함께 먹어 가며 어른이 되어 간다.

마무리하며

점점 혼자 사는 사람이 많아지면서 많은 문화적 변화가 사회적으로 대두되고 있다고 생각한다. 나부터도 가정을 이루고 살면서도 개인의 공간과 시간을 중요시 여기며 살고 있다. 하루 온종일 아이나 남편에게만 매달려 살지 않는다. 잠깐 동안이라도 책을 읽거나 글을 쓰거나 무엇이나 내가 좋아하는 일을 해야만 하루가 온전히 나만의 것이었다는 느낌을 받게 된다.

'사람은 사회적인 동물이라서 혼자서만 살 수는 없어'라는 말을 나도 아이에게 해 주곤 한다. 그러나 그 의도는 너무 자기 주관대로, 자기중심적으로 사는 것을 방지하기 위해서 하는 말이다. 개인주의적인 사고관이 바탕이 돼서 나 혼자만의 삶을 진정 가치 있게 여길 줄 알아야 타인과의 공생도 행복하게 자주적으로 가능하다. 그렇지 않는다면 질질 끌려 다니면서 이런저런 상처를 받거나 너무 날을 세워가며 그 어느 곳에서도 자리 잡지 못할 것이다.

세상에 절대적인 것은 없다. 뭐든 상대적이다. 내가 무조건 옳다고 생각하는 것이 시간이 지나면서는 점차 말랑말랑해진다. 별것도 아니었다는 생각이 든다. 왜 그 별것 아닌 것을 가지고 그토록 치열하게 싸웠을까 후회도 된다. 그렇기에 항상 여유로운 생각의 주머니를 넣어놓을 공간 하나쯤은 뇌 어딘가에 마련해 놓아야 할 것이다.

점차 많이 보이는 카공족, 혼밥족, 여행러 등등 모두가 스스로의 삶을 각자 나름의 형식으로 응원하고 있다. 변화해 가는 사회에 적응해야 하는 것도 우리 각자의 몫이다. 그러나 어떤 몫을 해내든 간에 다른 누구도 아닌 '나' 스스로만큼은 나만을 위해 응원하고 격려해야 한다는 사실을 잊지 않았으면 좋겠다.

나는 혼자가 좋다

초판인쇄 2024년 6월 28일
초판발행 2024년 6월 28일

지은이 백성혜
펴낸이 채종준
펴낸곳 한국학술정보(주)
주 소 경기도 파주시 회동길 230(문발동)
전 화 031-908-3181(대표)
팩 스 031-908-3189
홈페이지 http://ebook.kstudy.com
E-mail 출판사업부 publish@kstudy.com
등 록 제일산-115호(2000. 6. 19)

ISBN 979-11-7217-416-3 03810

이담북스는 한국학술정보(주)의 학술/학습도서 출판 브랜드입니다.
이 시대 꼭 필요한 것만 담아 독자와 함께 공유한다는 의미를 나타냈습니다.
다양한 분야 전문가의 지식과 경험을 고스란히 전해 배움의 즐거움을 선물하는 책을 만들고자 합니다.